没有人知道

盛慧 著

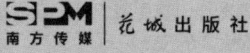

中国·广州

图书在版编目（CIP）数据

没有人知道 / 盛慧著. — 广州：花城出版社，
2025. 8. — ISBN 978-7-5749-0451-4

Ⅰ. I247.7

中国国家版本馆CIP数据核字第2025583GL6号

没有人知道
MEIYOU REN ZHIDAO

盛 慧/著

出 版 人	张 懿
责任编辑	李 谓　安 然
责任校对	衣 然
技术编辑	凌春梅
封面设计	集力書裝　彭 力
出版发行	花城出版社
经　　销	全国新华书店
印　　刷	深圳市福圣印刷有限公司
开　　本	787毫米×1092毫米　32开
印　　张	7.75　2插页
字　　数	190,000字
版　　次	2025年8月第1版　2025年8月第1次印刷
定　　价	58.00元

版权所有·侵权必究。如发现印装质量问题，请与出版社联系。
联系电话：020-37604658　37602954

边缘不是世界结束的地方,而正是世界阐明自己的地方。

——[圣卢西亚]德里克·沃尔科特

作者简介

盛慧,一级作家。广东省作家协会主席团成员,广东省文艺评论家协会理事,佛山市文艺评论家协会主席,佛山市作家协会副主席,佛山市艺术创作院副院长。作品散见于《人民日报》《光明日报》《人民文学》《十月》《花城》等报刊,并被翻译成英文、俄文、日文、蒙古文。出版长篇小说《风叩门环》《白茫》《闯广东》,散文集《外婆家》《大湾的乡愁》,报告文学《粤菜记》,艺术评传《庄稼评传》《书者如也:李小如评传》等著作二十三种。获茅盾新人奖提名奖、《人民文学》新世纪散文奖、华语文学传媒大奖最具潜力新人提名、广东省精神文明建设"五个一工程"奖、广东省鲁迅文学艺术奖等奖项。入选2017年广东特支计划"青年文化英才"。2021年参加中国作家协会第十次全国代表大会。

目 录

1　月亮的花名册

25　毛蟹

45　长五条腿的小羊

65　一瞬之夏

87　没有人知道

103　角落头

125　南风天

143　蝴蝶

月亮的花名册

1

傍晚时分,太阳还是火辣辣的。瓦蓝的天空上,飘着洁白的云朵。太阳把草晒枯了,田埂焦黄焦黄的,像烧饼一样松脆。田晓云走在田埂上,她一只手紧握着木棍,另一只手摊开,好让热气尽量地散发出去。一丝风的气味都闻不到。

她的身子晃来晃去,摇摆的幅度跟鸭子差不多——田埂非常狭窄,刚好能放下两只脚,一不留神,就会掉进稻田里。

放眼望去,土地是很平坦的,一片片绿色的稻田,像海浪一样扩散开去。正前方,有一座青山,因为遥远显得若有若无。田晓云走了许久,山色也没有变得清晰起来。一个人也看不到。

田晓云今年19岁,刚从师范学校毕业,被分配到月亮山小学教书，口袋里揣着派遣单和手画的地图。按照地图上所标注的，前方的那座山，应该是月亮山，而月亮山小学就在半山腰上。让田晓云感到奇怪的是，走了那么久，为什么连个人影都看不到。炽热的白光像银针一样扎在身上。她有些迷茫，不知道迎接她的到底是什么。

她想起去县教育局报到的那个下午。

办公室里只有王科长一个人，他头发花白，脸上没有血色，好像一尊蜡像。他喝水的那只棕色杯子，大得吓人，几乎可以把整个脑袋埋进去。

"你来得太晚了，各个学校的名额都已经满了。"王科长说话的声音很轻，像中午没有吃饭似的。

她说："我父亲生病了，我一直在家照顾他。"

王科长盯着她看了一会儿，确信她没有说谎，便说："那好吧，我再给你查查。"他从抽屉里取了一个发黄的本子，仔仔细细地查了起来。过了一会，他抬起头，取下眼镜，看着田晓云，没有说话。

她怯生生地说："没有了吗？"

王科长叹了一口气说："有倒是有，但很偏远，是这个地区最偏远的一所小学，你愿意去吗？"

她想了想，一咬牙说："我愿意！"

"一个学年以后,我就把你调回来。"王科长说话的时候,嘴角边堆满了唾沫。

她说:"真是太谢谢你啦!"

一大早,她便从县城出发了。她坐的是破铁桶般的公共汽车,车摇晃得厉害,她用手紧紧抓住前面的座位。玻璃上沾满了尘土,窗户外面的一切,看起来都是模糊不清的。阳光把座位烤得滚烫,车厢里弥漫着强烈的汗酸味。中午的时候,车到站了。她看到车站的破门上,用红漆写着"白坪车站"。

她向车站旁边那些卖水果的人打听月亮山小学。他们纷纷摇头,好像这个学校根本不存在似的。

这时,坐在树荫下的一个白胡子老头取下盖在脸上的草帽,他先睁开一只眼睛,然后睁开了另一只眼睛,打量了她一下。然后他站起来,走到她跟前说:"姑娘,你要去月亮山是吗?"

她说:"是月亮山小学。"

"那我跟你顺路。"老头说话的时候,露出最后一颗牙齿,像是粘在牙根上的一块麦芽糖。

她像孙女一样跟在老头后面。

老头的背驼得厉害,他一支接一支地抽着纸烟。走了差不多一个小时,老头说:"我要往另一条路走了。"他指着前方的一座山说:"喏,前面就是月亮山,你沿着田埂走就到了。"她一边点头,一边不停地道谢。

刚走出去几步,老人又叫住了她。她回过头,看到他手上拿着一根木棍。他把木棍递给她说:"路上可能有蛇,你要小心。如果看到蛇,你就说,成龙你就上天,成蛇你就钻草。如果它还赖着不肯走,你就拿棍子打它。"她听得头皮一阵阵发麻,好像蛇就在附近的草丛里游动。

阳光在燃烧,发出咝咝咝的声音,偶尔还能听到坡地里豆荚的炸裂声。她的脑子昏沉沉的,被烈日晒得嗡嗡作响。她不知道在天黑之前能不能赶到学校,如果赶不到的话,很可能会迷路。

她穿着浅绿色的确良衬衣,裤子是卡其色的涤纶布,脚上穿着一双水红色的塑料凉鞋,肉色的丝光袜刚刚脱掉了。在太阳底下走了那么久,汗水早就湿透了她的衬衣,衬衣像橡皮膏药一样紧紧地贴在后背上。她的凉鞋也烤软了,像狗滚烫的舌头。她想赤脚,但终究还是没有那么做。

她掏出军用的水壶,喝了一口水,加快了步子。她知道,虽然太阳现在很神气,一副不可一世的样子,但是黑夜很快就会到来。

不知道走了多久,月亮山一点点清晰起来。她心里有说不出的愉快,心想,到了学校,就可以好好地睡上一觉了。忽然,吹过来一阵风,风掀起了她的衬衣,钻到了后背上,像一个孩子凉丝丝的小手。她是喜欢小孩子的,要不然,她也不会去考师范学校。风只刮了一阵,便停了下来,她的额头上,汗水又像蚯蚓一样蜿蜒着往下爬。

太阳像是突然之间咽气似的,天阴沉下来,乌云密布,像是一群鲨鱼在海底翻腾。鲨鱼不时地张开大嘴,发出磨牙齿的声音。风越刮越大,看样子,马上就要下大雨了。

她看到前面有一个草苫子,便快走了几步。这是一间厕所,厕所的门是木头的,一边用白漆写着"男",另一边写着"女"。她看了一下四周,一个人也没有,便打开门。门晃了晃,发出吱嘎吱嘎的声音。她蹲了下来,眼睛惊恐地朝四下里看了看,害怕蛇从角落里钻出来。

突然,她听到旁边传来撒尿的声音,哗啦啦,哗啦啦,哗啦啦啦啦啦……这声音显得很急,像机枪在扫射。她无意识地侧过脸,中间居然有一个小孔,这个小孔原来是一个节疤,不知道哪个好事者将它弄破了。她看到了一道尿划过小孔。尿的颜色居然是血红色的。她心里一怔,像是突然被人在背后踢了一脚,跳了起来,一边系皮带,一边拼命往外跑。她的身后,哗啦啦的声音,还在响个不停。跑出去很远后,她才敢回头,路上一个人都没有。

天色越来越晦暗,雨随时都会落下来。

2

终于来到月亮山的山脚下。她实在走不动了,坐在一块巨石上休息。树叶的气味,沁人心脾。她仰头看着山坡,心想,如果月亮山是一尊大佛,那么这块巨石就是大佛的脚趾,而自己不过是爬到大佛脚趾上的一只蚂蚁。

山路格外宽阔,上面铺着落叶和松针,太阳把它们晒红了,踩上去软绵绵的,像羊毛地毯一样。她拿出地图,确定这就是通往小学的道路,便把地图折叠起来,放回了口袋,喝了壶里的最后一口水,向山上爬去。

林子间的光线更加幽暗,林子深处传来说话声的声音,但一个人也看不到。路的两侧,是溪水冲过的小沟,现在是干涸的,露出玄武岩,像一排排尖利的牙齿。爬了一段,她感觉到喉咙干燥,双腿酸痛,身上汗涔涔的,像是涂了一层胶水。她真想坐在草地上休息一会,但又怕雨马上落下来——她必须在下雨之前找到学校。

棘手的问题马上就出现了,她来到了一个分岔路口。她取出地图,但地图上并没有标明到底应该走哪条路。她双手叉在腰上,有些犹豫不决。天更暗了,她不知道怎么办才好。

突然,她在一条路的草丛里,看到一张淡绿色的纸片,便沿着那条路走去。走了约十几分钟,她看到一棵树上挂着一个木牌,上面写着"月亮山小学,向前一百米"。

风刮得更大了,将树叶吹得簌簌作响。牌子上写的一百米,显然是错误的,她走了差不多十分钟,都没有找到学校。她一点力气也没有了,浑身像是散了架似的,腿肚子不住地打着战。天变成了蓝黑色,她惶恐地看着林子,林子里已经漆黑一片,像财主家的地窖一样。

这时,她听到山上传来打钟的声音,听到这个声音,她就能确定学校就在上面了。她咬着牙,继续往上爬着。路渐渐平坦起来,她似乎听到孩子们的嬉笑声。

看到校门的时候,她简直不敢相信自己的眼睛。学校实在太简陋了。所谓校门,就是两棵巨大的榕树,在榕树中间挂着一个木牌,上面写着"月亮山小学"。由于时间太久,字有些褪色了。榕树的下面,有一间简易的泥坯房。正对着校门,有三间两层的木头房子,房子向前倾斜,仿佛一大声说话,房子就会"哗啦"一声倒下,她想,那应该就是教室了。围墙是用黄泥糊成的,中间就是操场。操场的东侧,是两间披屋,上面盖着树皮。在灰暗的光线下,像两个人蹲在地上说着话。

她走上前去,看到那间泥坯房的门是开着的,里面黑乎乎的。

她敲了敲门问:"有人吗?"

没有人回答。

她提高了声调问:"有没有人?"

突然,她听到身后传来一个男人苍老的声音:"你找谁?"

她吓了一大跳,心仿佛一下子蹿到了喉咙口。

她嗖一下转过脸,看到一个男人。

这个男人的半边脸被烧焦了。

她不敢看他的脸,低着头说:"我,我,我是新来的老师。"

男人抽了一口旱烟说:"再过几天就要开学了,我正为老师的事情着急呢!"

男人一边说着,一边走进屋子,点起了松明子。黑暗被赶到了屋子外面。一只土狗从外面跑进来,它的湿鼻子闪闪发亮,像一枚黑葡萄。

男人说:"进来吧!"

"这里没有灯吗?"

男人没有回答。

"这里有几个学生?"她觉得自己不应该埋怨这里的条件,便换了个话题。

男人说:"三十几个。"

她又问:"这里有几个老师?"

男人说:"就你一个。"

她一下子不知道说什么好了。

男人说:"你坐。"

她在椅子上坐下来,椅子发出嘎吱嘎吱的声响。

男人说:"你一定走累了,先坐着休息一会,我去帮你把宿舍打扫一下。"

没等她说话,男人就拿着钥匙出去了。狗也跟着出去了,但没过一会儿,它又回来了,在椅子旁边趴了下来,把头搁在地上,像是在想着心事。它的毛柔软、蓬松。她用手摸它的时候，它的尾巴轻轻地摇晃，很享受的样子。

雨终于下了起来。闪电像一把巨大的刀子，劈在树杈中间。雨点很大，落在地上，就会拱出一个坑。泥土的腥味从门里涌进来。门口的地面也湿了一大片。松明子燃烧时发出啪啪的声响，像是一个人在咂嘴。她的肚子饿了起来。她感觉到有些冷，双手交叉着抱在胸前。

她开始在屋子里扫视起来。屋子里几乎没有什么东西，像是刚刚被人洗劫过一样。床是木头的，漆成果绿色，上面挂着白色的蚊帐，风吹着蚊帐，里面像是藏着一个人似的。墙上有一把乌桕木猎枪。枪下面，有一张小桌子，桌子上堆着一些黑乎乎的东西，光线太暗，她看不清楚具体是什么东西。在门边，有一个泥糊的灶台。灶台前放着一只木头水桶，用的时间长了，呈现出酱紫色。灶膛口堆着一些干柴火。地上，放着狗的食盆，里面空空荡荡，一点东西都没有剩下。

不知道过了多久，男人回来了。他浑身上下都湿透了。她能闻到他身上的汗酸味，听到他发出的浑浊的喘气声。

男人说："房间打扫好了，雨一停，你就可以过去了。"

"谢谢你。"她看到他转过身来,她鼓起勇气看着他的脸。

"晚上如果有人敲门,你千万不能开门。"

"啊,为什么?"

"狼现在也变狡猾了,它会像人一样敲门。"

听到这里,她感觉自己的汗毛都竖了起来。

男人似乎看出了她的害怕,便说:"你不要害怕,我只是说万一。"

"这里有几个学生?"她说。

"你刚才不是问过了吗?"男人说。

"哦,对。他们都是附近村子里的吗?"

"不。他们的家,在大山深处。"

"哦。"她点了点头。

"你担心他们的安全,是吧?"

"有一点。"

"这个你放心,他们住在二楼,要安全得多。"

这时,雨渐渐地小了。

又过了一会,男人对她说:"雨停了。"

她站了起来,走出小屋。

天已经彻底地黑了,她一走出去,就像被人蒙住了脸,什么也看不见了。不过,雨后的空气十分清新,到处是树叶的芳香。草丛里的雨水,打湿了她的脚。她打了一个喷嚏。男人举着松明子出来。他们什么话都没说,深一脚浅一脚地往木楼走去。

木楼的走廊里铺着青石板,石板磨得光溜溜的,像草鱼的肚皮,推开门,里面还是有浓重的尘土气味。男人把松明子插在操场上,帮她点亮了煤油灯。屋子里的一切,立刻清晰起来。屋子虽然简陋,却很干净。床和土坯房里的一样,是果绿色的。蚊帐拴起,床上面铺着凉席,凉席上有一条薄薄的被子。窗台下还有一张写字桌和一把椅子。写字桌上,有一摞纸、半瓶没有用完的墨水、一只喝水用的玻璃杯。另一侧,放着脸盆架子,上面有两只铜盆。煤油灯的光,一跳一跳地,好像一个顽皮的孩子。

"这是你的宿舍,也是你的办公室。"男人说。

"挺不错。"她说。

"旁边是教室,三个年级在一起上课。再过去是食堂,学生每个星期回一次家,他们会从家里带米来。楼上两间是男生宿舍,一间是女生宿舍。"

她坐在床沿上,双腿晃动,轻轻地点了点头。

"晚饭，我一会做了给你送过来。"男人说。

"我帮你一起做吧。"

"我一个人能行。"说完，他转身就走了。

他一走，她就关上门，扑在床上睡了起来。

被子里有阳光甘甜的味道。

不知道睡了多久，她听到敲门的声音。

她说："谁呀？"

"我不是狼。"男人说。

她"扑哧"一笑，起身去开门。狗先蹿进了屋子，它转了一圈，嗅嗅这个，闻闻那个，最后，把头搁在床沿上，想看看床上到底有什么东西。男人端来了饭菜，她赶忙接了过来。一共是两个菜，一个是熏肉炒木耳，一个是干笋炖山雀。米饭盛在一只粗瓷碗里。她饿坏了，不到十分钟，就把饭菜吃得干干净净。

3

白天走的路太多了，她躺到床上，眼睛一眯，就再也睁不开了。

后半夜，她去了一趟厕所，在这之前，她在床上翻来覆去,下不定决心。下午的遭遇,让人感到恐惧。她睁着眼睛,想这样熬到天亮。不知道在床上躺了多久,她还是下定决心爬起来,摸到了桌子前,点亮了煤油灯。

下过雨之后的夜晚,像一件潮湿的衣裳,可以拧出水来。除了风穿过林子发出哗哗哗的声音,整个世界一片寂静。她开门的声音,引来了几声狗吠,这狗吠让她心里觉得踏实了许多。她提着灯,往操场东边的披屋走去。风吹在身上格外地凉,她的身子在颤抖,如果谁在后面有人突然喊一声,她肯定会吓得摔倒在地上。她听到自己的呼吸声,越来越急促。

她从厕所里回来的时候,风把煤油灯吹灭了,她仿佛听到有人在后面追赶,于是越走越快,最后干脆跑了起来。一进屋,她赶紧掩上门,惊慌地用手指摸索到了火柴,重新点上灯。屋子亮堂起来之后,她心里才渐渐舒展开来。听到林子里传来狼的叫声,她坐在床角,蜷成一团,盼望着天早一点亮起来。

时间还早。

恐惧使黑夜变得漫长。

不知过了多久,她又睡着了。

她睡得很甜,没有听到楼上杂乱的脚步声。

第二天早上,她醒来的时候,太阳已经升得老高老高,透过窗帘,照在她的床上,她感觉屋子像蒸笼一样燠热。她看了一下钟,时间已经是9点半了。

她在门口洗脸的时候,听到了男人的声音。他正在操场的另一侧锯木头。

"晚上睡得还好吧?"男人问。

"挺好。"

"没有听到什么声音吗?"男人拎着锯,停下来手里的活计。

"没有。"

"没有就好。没有就好。"

她这才想起,忘记问男人姓什么,总不能叫他"喂"啊!

"我给你送早餐过来。"

男人说到早餐的时候,她的肚子才感觉到饿了起来。

早餐是一碗粥,里面放着一些她不认识的果实。

"你吃过了吗?"她自己这样说,等于什么也没说,但是她总觉得,应该说点什么,要不然的话,就显得太不礼貌了。

"早吃过了。"男人说。

"还没请教你贵姓呢!"她说。

"我姓李。李子的李,李白的李。"说话的时候,男人一直看着外面。阳光照在草丛里,草丛间含着露水,闪闪发亮。

"李老师。"

"我可不是什么老师,我只是个看门的。"

"那我叫你老李吧?"

"老李,嗯,这个听起来不别扭。"

吃过早餐,她到附近的林子里走了走。灼热的阳光从树叶的间隙洒落进来,与地上的湿气交织在一起,显得格外闷热。男人还在锯木头。他的声音回响在耳边的时候,她心里是踏实的,一旦他的声音停止,她心里就有一种说不出的惊慌。她一边走,一边捡着地米和松蕈。突然,她看到了一块墓牌,上面爬满了青藤,牌上的字迹已经模糊不清了。她额头沁出了冷汗,赶紧跑出了树林。

回到操场上的时候,男人正把锯好的木头往屋子里抱。他看了她一眼说:"发生什么事了?"

"没,没什么。"

男人朝她跑过来的方向看了看,什么话也没说。她跟男人进了他的小土屋,把地米和松蕈放在灶台上。灶台的上方,有几块熏黑的肉。她从木桶里舀了水,开始洗起来。阳光从缝隙里洒进来,像一地的金豆子,里面的灰尘气味,格外浓重。男人又去抱木头了。他从她身边经过的时候,她低着头,看到他的鞋子已经破了,露出黑乎乎的大脚趾。

他们蹲在榕树下,说了一会话。男人朝天上看了看说:"时候不早了,该做饭了。"说完,便起身回到屋里。她一个人坐在椅子上,看着校门口的那条路,凉丝丝的风吹在她的身上,她产生了一些幻觉。

下午的时候,她在宿舍里午睡。屋子里很闷热,但她不敢把门打开,她害怕睡着以后,会有什么动物闯进来。她枕着自己的手臂,一会儿就睡着了。不知道睡了多久,她听到林子里传来猎枪的声音。她睁开眼睛,世界又恢复了宁静,只听到钟在嘀嗒嘀嗒地走着。

她从床上爬起来,拿着提桶去接了泉水,洗了把脸。她的脸上,留下竹席的痕迹——一个个红色的小方格。打开门,风便在屋子里回旋起来,风贴在她的小腿上,像一片清凉的树叶。她坐在书桌前,一个个地打开抽屉。中间的抽屉里,只有几本发黄的书和一本花名册。

她首先翻起了花名册，每个学生的名字，都带着泥土的味道，如黄菜花、李大树、李小炮、徐蜜蜂、陈小花等。透过名字，她想象着学生的样子。再过几天，就能看到他们了，那个时候，学校就不会像现在这么冷清了。想到这里，她欣慰地笑了。合上花名册，她翻起了书，书用的时间长了，边角上翻起了毛边。翻书的时候，一封信落在了地上。她捡起来，信纸有些脆了，翻开的时候，扬起一些粉末。她摊开信，仔细地看了起来。这封信是一个妻子写给她丈夫的。信上说，她已经把孩子生出来了，是个男孩，让他给取个名字，尽快回去看看。田晓云感觉到从信纸上升腾起乳汁的味道，她想象着这个叫"嘉程"的男人，长得是什么样子。她现在睡的那张床上，应该还留着他的气味，但是，落款的时间，让她无比惊愕，日期居然是1940年8月28日。这个日期，离现在已经有几十年了。

她正在发呆的时候，听到外面传来了狗的声音，好像在说"我们回来了"。她探出头去，看到男人扛着猎枪回来了，手上拎着一只灰色的野兔。

4

夜里终于响起了怪声音。

这是她来的第五个晚上。

她和往常一样,坐在床上看了一会儿书。看着看着,书上的字就变得模糊起来。她把书放在枕头底下,便钻进了被窝。被面柔软,她将脸搁在上面,很快就睡着了。

她做了一个梦。这是她来这里做的第一个梦——

那是星期二的午睡时刻,学生都在宿舍里睡觉,老李又去打猎了。阳光直射在地上,知了的声音此起彼伏。

突然,她听到楼梯上响起脚步声。脚步声很重,像是军靴的声音。她还听到金属的碰撞声,像是步枪上子弹的声音。不知道过了多久,脚步声越来越重,她听到孩子的哭声,便从床上蹿了起来,往楼上跑去。她想,一定是哪个孩子在捣蛋。

她走上楼梯,楼上突然变得静寂下来,走廊里一个人也没有。她打开宿舍的门,看到孩子们睡得很安稳,还有人在说着梦话。她转身准备下楼,突然,李小炮从门里蹿出来,准备往楼下跳。她一个箭步冲上去,抓住了李小炮的手。她想把李小炮拉上来，但李小炮的身体越来越重。她听到楼上传来狰狞的笑声。她用尽了自己的力气。突然，她听到骨节脱臼的声音，李小炮掉了下去，她一屁股坐在了地上，手里竟然攥着李小炮的右手臂。她脑子里一片空白，一边跑下楼，一边大声地喊着："李小炮！李小炮！"却没有人回应。她跑到操场上，看到一摊血迹，连李小炮的影子都没有见到。其他的孩子都在熟睡，仿佛什么事情都没有发生。

上课的时间到来，她敲了钟。孩子们揉着眼睛，从床上起来，到泉水边去洗脸。她走进教室，看到李小炮的位置是空着的。她问大家有没有看到李小炮，大家都摇着头。从窗户里，她看到老李已经回来了。她让学生自己看书，便从教室里出来。她来到老李的土坯房，却没有看到他。她喊了几声，也没有人回答。

她听到教室里传来叽叽喳喳的声音，便跑回去，她看到，孩子们正在抢着玩具，那玩具竟然是李小炮的那只手臂！她推开门，教室便彻底沉寂起来。最后一排，李大树还趴在课桌上睡觉。他的鼾声，在房子里回荡。她走过去，一把揪住李大树的耳朵，也许是用力过猛，李大树的耳朵，居然被揪了下来，土灰色的耳朵上没有一点血丝。

李大树还在睡，口水打湿了课桌，旁边的黄菜花使劲推了他一下，他倒在地上，立刻不见了，只留下一摊沥青般的黑血。她晕了过去。

她醒过来的时候，教室里早已变成了另一个样子，地上、桌子上都长满了青苔，角落里还长着小小的馄饨树，纸糊的窗户上布满蜘蛛网。教室里一个学生都没有，风从窗户的缝隙里吹进来，发出低低的呜咽声。教室里的光线非常昏暗，她能闻到血的腥味。她站起来，感觉自己的身体像一阵轻烟。突然，她听到了密集的靴子声。她冲出教室。

灼热的白光下，校园一片寂静，一个人也没有。老李也不知道哪里去了。狗也不见了。她走进老李的屋子，里面空空荡荡，布满了蜘蛛网，像是很久没有人住过了。

5

她是怎么回到县城的，她已经记不清楚了。她一路狂奔，耳边是飕飕的风声，脚上磨出了许多血泡。

到县教育局的时候，已是黄昏时分。刷了绿漆的走廊里没有一个人。她凭着记忆找到王科长的那个办公室。

她站在门口,朝里面望了望,只有一个中年人在看报纸,王科长以前坐的那个位置是空的。

中年人看到了她,收起报纸问道:"你找谁?"

她说:"我找王科长。"

中年人没有听清楚,又问:"谁?"

她走到对方面前说:"我找王科长。"

中年人说:"他不在了。"

她说:"他下班了吗?"

中年人说:"他出车祸死了。"

她哇的一声哭了起来。

中年人说:"你别哭啊,你是他什么人?你找他有什么事?"

她把事情的经过说了一遍。

中年人盯着她看了一会说:"你是不是在做梦?"

"我说的都是真的。"

中年人用手摸了摸头发说:"这就奇怪了,月亮山小学,我以前倒曾听说过。五十多年前的一个下午,日军杀掉了所有的师生。从那以后,学校就停办了。"

"可王科长确确实实让我去那里的。"她的声音在颤抖。说完,她开始在身上找派遣单,可是怎么找也找不到。她将手插到头发里,神经质地搓揉着。

"你是几月几号去的?"中年人突然想起了什么。

她想了一会说:"八月二十五日。"

"上午还是下午?"中年人急切地问。

"下午。"她肯定地说。

中年人看了一下日历说:"那天上午,王科长就出车祸死了。"

她惊恐地看着墙上的斑点,她的身体不停地颤抖。

中年人给她倒了一杯热开水。

过了很久,他拍了一下脑袋说:"哦,我想起来了。我记得王科长以前跟我讲过,他父亲以前就是月亮山小学的老师,他死在了那次屠杀中,连尸体都没有找到。"

走廊里刮进来一阵风。

宁静的黄昏贴在窗户上。

天很快就要黑了。

毛
蟹

那天,大大回来得比平时晚得多,矿工帽上沾满了黄泥巴,背心很破,像蜘蛛网一样挂在背上。

太阳下山以后,我像往常一样在水泥场院上浇了水,搬了一个方凳、两把椅子,烧好了泡饭和洗澡水等着他回来。自从姆妈走后,我就生活在漫长的等待之中。等待让我觉得恐慌,我害怕大大哪天也一去不返。

在我们镇上,矿难是再寻常不过的事情了,几乎每个月都会发生一起,大家早已经麻木,对死者只留下形式上的同情。他们最津津乐道的话题是死者的赔偿。石头不长眼睛,没有人知道谁是下一个。有一回,矿长坐在办公室里抽烟,一块石头砸下来,正好砸到他头顶,脑袋开裂,脑浆四溅。

大大摘下帽子,双手捧起长台上的凉茶,喝起水来。我很讨厌他喝水的样子,像是一辈子没沾过水似的,喉咙像辘轳一样滑动,发出咕叽咕叽的声音,一直喝到打嗝,才会停下。

他舀了一碗酒,在蟹巴椅上坐下来。只听"哗啦"一声,椅子散架了。他站起来,拍了拍灰尘,叫我去拿铅丝和老虎钳。看着地上的一堆竹子,我摇了摇头说,这个老古董,早就应该进博物馆了!大大三下两下就把椅子修好了。他先把半个屁股搁在上面,确定不会再垮,便把整个屁股搁在上面。他说,现在不是跟新的一样了吗?!可话音还没落地,蟹巴椅又散架了。他站起身,又准备修。

我说,算了,明天再修吧。

大大笑了笑,慢慢吞吞地说,明天有明天的事情嘛。

你……能有什么事?

他有些得意地说,我终于借到钱了。

这时,一只蚊子嗡嗡地靠近了我,我一把抓住了,在手里搓成碎末,然后说,万一……他们不愿意帮这个忙呢?

大大没料到我会这么问,愣了一下,露出老玉米一般的黄牙,笑了。他说,我这一辈子,就求他们这一件事,肯定会答应的。或许是觉得自己的话讲得太满,顿了顿,接着说,这事对他们来说实在太简单了,比放个屁还容易。

第二天一早,我被大大的脚步声吵醒了,他走路的声音很响,好像擂鼓似的。我的眼皮像一个夹子,使了很大的劲,才勉强睁开一条缝。窗外光线灰暗,我气呼呼地说,这么早,起来做贼啊?大大对吵醒我似乎有些不好意思,轻声说,早饭我烧好了,你吃多点,午饭可能会很晚。我不再理他,换了个姿势,接着睡。我听到了堂前的脚步声,听到他的咳嗽声……那声音越来越轻,越来越轻……我又睡着了。

不知过了多久,一个疲惫、沙哑的声音在我耳边响起,起来吧,再晚就赶不上车了。

我咂了咂嘴,很不耐烦地说,过五分钟叫我!

大大没有多说什么,坐在我旁边,安安静静地抽烟。抽完一支烟,他轻声地催促道,起来吧,上了车可以再睡。

我起了床,像梦游一样,闭着眼睛,洗了脸,吃了早饭。街道上安静至极,除了开水店和烧饼店亮着灯,其他的房子都在沉睡。河面上,传来悠长的摇橹声,有一对老夫妻正在收昨晚下的丝网,偶尔有几尾银色的小鱼落进船舱。

飘到汽车站的时候,天还没亮,我连打了几个呵欠,然后说,这么早来干吗,连个鬼影子都见不到。

大大说,你懂什么!车不会等人,只能人等车。

我懒得理他,在墙根蹲下来,捧着自己的脸,像捧着一块温热的烧饼,打起盹来。

我很快就睡着了,中间还做了一个梦,梦到自己穿着笔挺的西装,夹着公文包去上班。在路上,我碰到了一个初中同学。他问我在哪里上班,我说在供电局,他满脸都是羡慕。接着,我带他们到县城最高档的饭店宜园餐厅吃饭,我刚拿起筷子准备夹菜,感觉有人把我提了起来。车来了!

上了车,我还在想着刚才的梦。做这个梦是有原因的。几天前,我在街上碰到一个初中同学。上学的时候,我们玩得很好,上学一起走,放学一起回,初二没读完,他就去了县城做生意,靠卖假烟发了财,脖子上挂着一条很粗的金项链。见到他,我觉得很自卑,连招呼都不敢打,钻进了旁边的一家小杂货店。

在车上晃了一个小时,终于到了县城的水产市场。湿漉漉的水产市场,像是刚刚抽干水的池塘,到处弥漫着淤泥的腥味。我感到一阵恶心,捂着鼻子往前走。突然,一条草鱼从水池里跳出来，拼了命地拍打着尾巴，污水溅到了我身上。

正是毛蟹上市的季节，每家店门口都放着几只大塑料盆。店家根据毛蟹大小，将它们放在了不同的盆里。它们被草绳扎得紧紧的，不停地吐着泡泡，像是正在刷牙。

大大在一家卖毛蟹的档口前停下来，蹲在旁边看了许久问，多少钱一斤？

肥头大耳的老板叼着一支烟说，一百五。

大大一听，愣住了，像突然被人掴了一个耳光，过了好一会，才缓过神来。他说，怎么这么贵！我听别人说，才，一……一百块一斤的嘛。

老板一脸不屑说，你说的是去年的价格吧。

大大摇了摇头，往前走。

到了另一家档口，大大拿起一只毛蟹看了看，那只毛蟹好像很生气，瞪大眼睛看着他，拼了命挥舞着大脚钳。老板一脸微笑地走过来，大大装出很懂行的样子说，这是阳澄湖的吗？

老板好像受了羞辱似的说，如果不是阳澄湖的，我是你孙子。

那多少钱一斤？

一百五。

能不能……少点？

这已经是全市最优惠的价格了，如果你能找到更便宜的，我送十斤给你。

人家才卖一百二。

老板冷笑着说，一百二？你卖给我好不好？有多少，我收多少。

我站在大大身边，感觉到老板的语气里充满了嘲弄，脸一下红得像鸡冠了。

真的不能少吗？

老板把他晾在一旁，开始招呼其他的客人了。

我对大大说，我们再看看吧。

我听到老板在身后小声嘀咕，乡巴佬，买不起，可以不吃嘛。他的声音虽轻，却像电钻一样钻到了我的心。我觉得大大很窝囊，故意走得很慢，跟他拉开一段距离。

我们来到另一家档口。这个老板很是客气，好像连眉毛都在笑。他给大大派了一支烟。大大想夹在耳根，不小心掉在地上，赶忙又捡起来。烟已经湿了半截，大大还是毫不犹豫地捡起来，在裤子上擦了擦，点上了。

毛蟹怎么卖？

一百四。

这么贵？不能再少点？

老板笑眯眯地说，老阿哥，这已经是最低价了，你总不能让我亏本吧？

一百三十五，行不？

老板想了想说，我看你蛮有诚意，这样吧，一口价，一百三十八。

还是一百三十五吧。

你不知道，最近很多人找工作，毛蟹供不应求的。

我们也是送人的，自己吃，谁吃这么贵的东西，简直是吃命嘛。

你要多少？

十只。

算了，一百三十五卖给你。不过，你不能随便挑。

你挑吧，反正我也不懂。

正好五斤，共六百七十五块。

大大凑上去看秤。

老板的手轻轻一抖说，你放心，少一罚十。

六百七十块行不行？

老板叹了口气说，算了，算了，你们乡下人挣点钱不容易，我就不跟你计较了。

大大扶着柱子，弯下干海马一样的身子，从右脚的鞋垫里拿了三百，又从左脚的鞋垫里拿了四百，数了两遍，递过去。老板在灯光下，一张张地仔细辨别真伪。

我觉得大大的一举一动都那么猥琐、那么愚蠢，让我很没面子。我转过身去，脸上火辣辣的，心中突然涌起一个从未有过的想法：如果我是我姆妈，也会跟别人跑掉。

我们坐上了开往省城的长途汽车，大大把装毛蟹的纸箱子放在座位下方，用两只脚夹住，手里还牵了一根绳子。他很快就睡着了，刺耳的鼾声，像山峦一样起伏。我看到后排一个长得尖酸刻薄的女人，她那两只愤怒的眼睛凑得很近，就像是正在决斗的两只蟋蟀。

天气灼热，田野闪闪发光，远处的房屋晃动，如同水中的倒影。中午时分，汽车在路边的东风饭店门口停了下来，一个穿着超短裙、趿着夹趾拖鞋的年轻女子马上迎上来。司机戴上墨镜下了车，在她的大屁股上狠狠地掐了一把，女子便咯咯咯地笑了起来，像刚下完蛋的母鸡。

大大睁开眼，看了看窗外问，车怎么停了？！司机见大家没有一点下车的意思，便吼道，都给我下车吃饭。大家陆陆续续地下了车,只剩下我和大大了。我饿得像是一张薄薄的纸。大大说,饿吗?我点了点头。大大说,你去吃吧。我说,你不去吗?大大说,我早上吃得多,不饿。说完,掏了十块钱给我。我说,要不,我给你带点饼干上来?大大说,我不饿。

饭店里的东西很贵,十块钱只够吃一份蛋炒饭。我吃得很快,几乎是把饭倒进肚子的。吃完饭,我就回到车上,大大见到我上车,赶忙把手上的小半块烧饼塞进嘴里,脸颊鼓得像风帆一样。我说,要不要给你买瓶水?大大说,不用,你来看着毛蟹,我下去解个手。说完,把手里那根神圣的绳子交给了我。大大下车后,站在公路边,背过身,开始撒尿。撒完尿,他在东风饭店门口的自来水管前洗手,就在这时,从田里跑来一个瘦猴似的老头,大大还没明白怎么回事,就被他一把抓住了衣领。老头说,你刚才把尿撒到了我家的祖坟上,坏了我家的风水,赔钱!这时,人越聚越多,叽叽喳喳,指指点点。大大自知理亏,沉默着,一言不发,眼神里充满了无助。司机剔着牙出来了,两片嘴唇闪闪发光。最后,由他做中间人,大大赔了一百块钱才算了事。

车开了没多久,突然熄火了,发动了几次,都无济于事。车里响起了一阵阵的咒骂声。司机说都别吵了,下去推一把,说不定能开得走。大家虽然很不情愿,但又没其他办法,只好下车。大家使出了吃奶的力气往前推,可车仍然一动不动。司机没办法,在头上搭了一条湿毛巾,下去修车了。灼热的阳光像烤香肠一样烤着我们的汽车,我的脑袋晕乎乎的,里面仿佛装满了糨糊。

差不多过了一个小时,车才修好,风吹在脸上,让我有一些飘飘然。记得毕业前夕,同学们都很羡慕我,因为他们觉得我的姑父是省城的大领导,只要他一个电话,我就能找到一份好工作。可我中专毕业三个多月了,还没有找到事做……不过,今天下午一切都将发生改变。

正当我沉醉于美好的想象,司机突然来了一个急刹车,所有的人都往前一冲,车厢里又响起了密集的咒骂声。马路中央有一个光着屁股的小男孩,他好像吓傻了,愣在那儿,好像被人点了穴一样。司机骂骂咧咧地下了车,大部分的乘客跟着去看热闹,我也起了身。一个胖女人从马路旁的副食店里冲出来,一把抱走了小孩。小孩终于缓过了神,哇哇大哭起来。

回到座位上,我才发现大大的异样,血正从他的嘴角冒出来。我说,大大,你怎么了?他摇了摇头,没有说话，不一会儿，从嘴里吐出一颗带血的牙齿，接着，又吐出一颗。

到达省城，已是下午两点。我的喉咙像是刚刚燃烧过的爆竹，干得发痛。我想买一瓶矿泉水，但不想跟大大开口。大大舍不得坐车，他提着毛蟹，在巷子里七拐八拐，我一言不发地跟在后面。天气很热。我的凉鞋已经被烤软了，身体也软绵绵的。

还要走多远？我问。

快了。

一连问了几次，我再也忍无可忍，埋怨道，你一直说快了快了，可走了半个小时了，都没到。

再坚持一下，你姑妈家有空调，凉快得不得了。

走着走着，一阵风吹来，我闻到一股强烈的腥臭味。

怎么这么臭?!

大大停下来，打开装毛蟹的箱子。箱子打开之后，气味更浓了。他的脸色，顿时变得像石灰一样白。他把毛蟹一只只拿出来，毛蟹们软软地躺在地上，一动也不动了。

大大自言自语道，死了，死了，全死了！

我的心猛地往下一沉，低声说，现在怎么办？

大大不说话，抽起了烟，一连抽了三支烟。

几分钟后，我们终于来到了一栋鹅黄色的小洋房前。围墙砌的是红砖，上面布满了青藤。从黑铁门的缝隙里，可以看到院子里长满了葡萄藤，上面挂着一串串的水晶葡萄，在阳光的照射下，葡萄更加诱人。我使劲咽了咽口水。树荫下，一只黑猫，正在午睡。

我说，这就是姑妈家？

大大没有理我，他走到门铃前，伸出手，在空中停顿了一下，像怕触电一般，又收了回去。他又抽了一支烟，抽到一半，把烟头扔在地上，用脚踩灭了，像是要做出一个重大的决定。他又伸出手，一根手指碰到了门铃，但终究没有按下去。

他用一种苍老而沙哑的声音说，我们回去吧？

我的心瞬间结成了冰，不解地问，为什么要回去？我们坐了半天的车，好不容易才到这里，怎么就回去了呢？！回去了，我的工作怎么办？！

大大没有理我。他转过身去，提着一袋子死毛蟹走在前面。我跟在后面，故意走得很慢。大大的头发掉得差不多了，他把仅有的几根的头发留长，绕了一个圈，整个脑袋就像一个简陋的鸟窝。光秃、油腻的脑袋中间,有一个瘤子,像半个鸟蛋,闪闪发光。

回到小镇,已过了晚上七点,从车上下来的人,很快就融化到黏稠的黑暗里。整条街上,只有小福杂货店还亮着灯。小店门口,有几个人在打桌球,他们光着上身,露出手臂上的斧头文身。大桥上坐满了乘凉的人,凉风里夹杂着河水的腥味。

哟!福春伢,你手里拎的是什么?理发的歪肩膀首先见到大大。

毛蟹。

歪肩膀有些吃惊,毛蟹!从哪里捡来的?

就在县城汽车站,你明天也去捡吧!

回到家,大大开始收拾毛蟹,用刷子刷干净后,全部倒进了锅里。屋子里开始弥漫起一股强烈的腥臭味,他把所有的门窗都打开了仍无济于事,腥味像幽灵一般,经久不散。

大大说,小刚,快过来吃。

我没理他。

吃吧,这么好吃的东西,不吃多可惜!

我愤怒地吼道,吃死了,我可没钱葬你。

大大什么也没说,回到堂前,开始吃蟹。他先掰下蟹脚,轻轻咬碎,抽出一片雪白的肉,蘸一点酱油,放进嘴里,然后,喝一口烧酒。他吃得很慢,从晚上九点一直吃到十二点,才把毛蟹全部消灭。

那天晚上,房间里全是死毛蟹的腥臭味。在黑暗中,我用手捂住自己的脸,任眼泪肆意流淌。我觉得这一切的一切,都是大大的错。如果他不贪图便宜,怎么会买这些半死不活的毛蟹?如果毛蟹不死,我的工作问题就解决了。是他的愚蠢毁掉了我的前程!

接下来的日子,大大总是很晚回来,我以为他又去借钱了,准备再去一次姑妈家。但大大一次又一次地让我失望,每次回到家,他就喝酒,以前只喝一碗,现在要喝三四碗,喝得迷迷糊糊,走路的时候歪歪倒倒,像被风吹动的一个松果。找工作的事,他再也没有提起。

大大就像是卡在我喉咙里的一根鱼刺。我对他的厌恶,渐渐变成了仇恨。我不再跟他说话,每次吃完饭,就躲回房间。

7月24日的下午像往日一样,空洞而冗长。我坐在房间里,一动不动。天色渐晚,漆黑像一只猫,跳入我的怀里。我看不到一丁点希望,感觉自己的心变成了一片枯黄的树叶。

我终于做出了一个惊人的决定：离开！就像当年妈妈离开他一样，永远不再回来。

我轻轻推开大大的房门，扑面而来的是一屋子里清凉的黑暗，我没有拉灯。床边，有几只麻袋，里面装着稻谷，我知道，大大的钱就藏在里面，但我不知道具体是哪一个。我翻了半天，终于找到了一个布袋子，打开以后，我的心都凉了，里面竟然只有260块钱。我拿了250块，迅速将剩下的10块钱，放回原位。回到自己的房间，我长长地叹了一口气，开始写信。

我写道：

大大：

　　当你读到这封信的时候，我已经走了。永远地走了。你不要来找我，即使找到了，我也不会回来。感谢你这么多年来的养育之恩，你就当没有生过我这个儿子吧！

　　　　　　　　　　　　　　　小刚

再次来到大大的房间，我更加紧张了，手心直冒汗，感觉房间里所有的事物——灯泡、胶鞋、雨伞、米桶，都瞪大着眼睛看着我。我把信搁在大大的枕头底下，动作像木头人一样僵硬。从房间里出来的那一刻，我又有些不忍心，从兜里拿了50块，放回了原处。

正在我收拾衣服的时候，却听到了门外的响动声。

大大回来了。

大大是被李叔叔扶着回来的。

大大满脸都是血。

我一愣，吃惊地问，怎，怎么了？

李叔叔说，你大大让车给撞了。

我的脸很烫，像一团火焰，脸上的肌肉不停地抽搐，像风把火焰吹得东倒西歪。

我和李叔叔一起把大大扶到床上，打了一盆水，给大大擦脸上的血。

李叔叔说，我说要送他去医院，他就是不肯。

我不敢看大大的眼睛，低着头说，我送你去医院吧。

大大没有说话，只是轻轻地摇了摇头。

李叔叔跟我说起了事情的经过。

李叔叔说，今天下班后，我们一起去小吃店喝酒。

他今天跟平时有些不同：平时，他很少说话，三棍子打不出一个响屁来；今天却一直说个不停，他还说，你的工作问题就快要解决了。可是，喝完酒出来，见到一辆车，他自己就撞了上去，幸好，司机及时刹车，否则……

李叔叔这么一说，我的眼泪就止不住地掉了下来。

李叔叔走后，屋子里又恢复了寂静。我喂大大吃了泡饭，坐在大大的房间，像犯人一样低着头。

不知道过了多久，大大轻声地说，你去睡觉吧！

月亮很圆，冰凉的月光洒在我的床上，像盐一般。我久久无法入睡，在床上翻来覆去，像兔子一样竖起耳朵，听着隔壁房间里的动静。往日里，大大总要起来解手。我想，今天应该也不会例外。我不敢确认大大是否已经睡着，因为，我没有听到他的鼾声。我心急如焚，想从他的枕头底下拿回那封信。

云朵缓缓移动，遮住了月亮。我听到隔壁房间有了响动，大大咳嗽起来，咳嗽的声音越来越近，接着，我听到房门被推开了，我赶紧闭上眼睛。大大的脚步很轻，他停在我床前。我感觉到眼皮一阵发痒。大大站了一会，他试图用手摸一下我的脸，怕把我吵醒，又缩了回去，轻手轻脚地出了门。大大并没有回到自己的房间，而是出了大门。我睁开眼睛。我以为大大出去解手了,这可真是千载难逢的机会,我像蚂蚱一样从床上跳起来,飞快地跑到大大的房间,从枕头下面拿出了信。我的手颤抖得厉害,害怕大大会突然出现。回到房间,躺在床上,我的心仍然狂跳不止。我听到村子里响起一声狗吠,接着,狗吠连成了一片。过了不知道多久,大大还没有回来。我突然有了一种不好的预感:这么晚了,大大会去哪里呢?

我从床上跳起来,朝村子后面的公路狂奔起来。穿过树丛时,无数的蚊子同时飞出来。我越跑越快,眼里噙满泪水。在公路旁,我看到一个黑影。他坐在地上,烟头明明灭灭,像是在抽泣。

我站住了。月亮仍然躲在云朵的背后,夜空清冷,散落着几颗古老的星星。萤火虫在树丛里飞来飞去;蛙鸣声一阵接着一阵,像是发报机一般。

我听到卡车的响动,几秒钟后,刺目的灯光直射过来,像一头发怒的猛兽。

大大扔掉了猛吸了一口,扔掉烟,站起来。

我跑上前,一把拉住他说,大大,我们回家,我们回家!

7月25日,我19岁的生日终于到来了。傍晚的时候,下起了雨。大大回来了,他手里拿了一条草鱼、几支茭白。天黑的时候,他开始准备晚餐,我坐在灶膛口烧火。晚餐并不丰盛,红烧草鱼、茭白炒腌肉、咸鸭蛋,还有白粥,却让我觉得格外温暖。

我给大大倒酒时,给自己也倒了一碗。我说,大大,我想通了:我不想再依靠别人,靠山山倒,靠水水流,我想自己出去闯一闯。大大看着我,湿润的眼睛里满是欣慰。我们碰了碗,将酒一饮而尽。

那天晚上,我睡得特别好。第二天早上,我睁开眼睛的时候,房间里的光线清甜、稠密,如同蜂蜜一般。大大轻手轻脚地进来,他给我端来了我最喜欢吃的油煎糯米饼。

吃完早餐,我开始收拾行李,我收得很慢,大大坐在堂前默默地抽烟,他没有催我。在汽车站等车的时候,大大说,一个人在外面不容易,有什么困难就写信回来。我想说话,但一句也说不出来,鼻子一阵阵发酸。大大掏出身上所有的钱塞到我手里。我说,我的钱够了,这些你自己留着吧。他也不说话,把钱扔在地上,飞快地消失在人群之中。

长五条腿的小羊

冬生蹲在羊圈里等待母羊生产的时候,桂花悄悄带着傻婆婆去了镇上。

这是一年中最寒冷的日子,"西伯利亚"这个古怪的地名,每天出现在沙哑的收音机里,像饭桌上一道必不可少的小菜。在日复一日的等待之后,大雪终于降临,纷纷扬扬,落了一个晚上。天亮时,雪停了,平原干干净净,白得耀眼。

卧雪的徐庄,分外安静,早上七点多钟,村子里才有了一些生机。女人们在井边梳洗,孩子们迫不及待地打起了雪仗。他们嘻嘻哈哈的笑声,像是来自另一个世界,遥远而陌生。

冬生惦记着母羊,一大早就醒了。桂花像章鱼一样紧紧缠着他,他费了好大的劲才挣脱出来。冷风灌进被窝,桂花也醒了,气呼呼地说,起这么早干什么?!冬生边穿着毛衣边笑着说,母羊今天就要生了,肚子那么大,说不定可以生三只小羊呢。我听说最多的时候,一只母羊生了八只小羊呢!他的话刚说完,就听到桂花打起了呼噜。

冬生起床后,被子里越来越冷,桂花把身子缩成一团,仍无济于事。她把手伸到枕头底下,摸出了冰块般的手表,看了看,然后,像大象在泥浆里打滚一样,在床上舒舒服服地打了好几个滚才从床上爬起来。她一边梳着头,一边向厨房走去。

桂花是前年嫁给冬生的,她长得又矮又胖,徐庄的老女人们总爱拿冬生开玩笑。有一回,冬生在门口晒被子,她们一脸坏笑地说,冬生呀,你家以后再也不要买被子了。冬生有点摸不着头脑,抓了抓脑袋问,为什么?他这么傻头傻脑地一问,她们笑得更厉害了。景春的姆妈实在忍不住了,便说,桂花那么胖,你可以拿她当被子盖嘛。这床被子又厚又结实,一床可以顶五床呢!冬生一听,倒也不恼,一边搓着手,一边憨憨地笑着说,那……我不是被她压成扁团子了?说话间,桂花打着呵欠从屋子里走了出来,浑身的肉都在颤动。大家见了她,像被点了穴一般,立刻收住了笑容,各自散去了。

村里人都知道桂花的厉害,用他们的话说,她浑身长满了牙齿。一般说来,谁要是娶了这样的媳妇,家里肯定就像浪尖上的船,永远不能安宁了。可是,冬生家却风平浪静,连最寻常的拌嘴都没有。这一切,都归功于她有一个好婆婆,因为她婆婆大部分时间都很傻。俗话说得好,再凶狠的拳头打在棉花上,都是不会发出声响的。

桂花的婆婆瘦得像鬼一样,她的脸只有巴掌那么大,腿比甘蔗粗不了多少,走在路上轻飘飘的,好像随时都会被风吹走。一到冬天,她就把能找到的衣服都穿到身上。今天,她就在棉衣外面又套了一件灰扑扑的短袖,头上还戴了两顶线帽。即使这样,她还是觉得冷。

因为怕冷,冬天的大部分时间,她都躲在灶膛口。做完饭后,灶膛里明灭的火星,仍会散发出阵阵的暖意,她就蜷缩靠背椅上睡午觉。她的脸总是黑乎乎的,身上散发出一股山芋烤焦的味道。

吃过早饭,桂花找到婆婆说,姆妈,跟我去镇上,帮你买件新衣裳。平日里,她叫婆婆都是用"喂"来取代的,所以,说完"姆妈"两个字,感觉喉咙里像是塞了一块油滋滋的胖猪肉,鸡皮疙瘩立刻耸了起来。婆婆一听,立刻警惕起来,捂着口袋,眼睛直愣愣地盯着桂花,好像碰到了抢劫犯一般。桂花知道婆婆视钱如命,每天晚上都要把身上的钱数一遍才能入睡。她便笑嘻嘻地说，哪里要你出钱！我带了一百块钱呢！说着，她拿出钱，在婆婆面前扬了扬。婆婆根本不认识新版的一百块，换了个姿势，继续睡大觉。如果是平时，桂花肯定气得咬牙切齿；可今天，她却笑得像弥勒佛，脸颊上两坨紫红的肉，闪闪发光。她从口袋里摸出了一根哈密瓜味的棒棒糖，说，你去，我就给你糖吃。这一招果然奏效，她婆婆跳起来，一把抢过糖，乖乖地跟着她出了门。

太阳似乎也怕冷，早早地溜回家睡觉了，天光黯淡，好像傍晚一样。路上积雪很深，踩上去发出咯吱咯吱的声音。空气被吸到肺里，像薄荷一般清凉。家家户户都掩着门，村子里安静极了。雪尘被一阵阵地吹起，在空中打着圈儿，落在眼睛里，生疼生疼。

走到李记油条店时，桂花的婆婆突然停住了。冷却的油锅上，搁着一只又黑又腻的木框，早上没有卖完的两根油条，娇弱无力地耷拉在上面。她看了看油条，又用充满乞求的眼神看了看桂花。桂花有些不耐烦地说，刚吃完早饭，又饿了吗？难道是漏斗吗？可她婆婆的脚好像被冻住了一般，不肯挪动半步。如果是平时，桂花连看都不会看她一眼，可是今天，桂花必须小心伺候着。她婆婆的棒棒糖还没有吃完,又舍不得扔,便插在了帽子上,一只手抓一根油条,咬一口左手的,又咬一口右手的,哧哧地笑了起来。

春节将至,镇上比往日热闹了许多,吆喝声此起彼伏,每一个摊档前都挤满了人。桂花并没有停下脚步,带着婆婆向汽车站走去。

冬生把羊养在废弃的老屋里,一共八只。今天早上,他推开门,看到外面落了雪,便找了床旧棉絮铺在羊圈里,想给那只怀孕的母羊取暖。母羊第一次怀孕,一点经验都没有,在圈里走来走去,显得很急躁。它的肚子很大,几乎要贴到地上了。冬生好像比小羊的父亲还着急,一支接着一支地抽烟,脸又红又烫。

蹲的时间长了,冬生脚有些发麻,准备先回家吃早餐。刚走出门,就听到母羊长叫了一声,它躺在地上,伸长脖子,表情有些痛苦。冬生看到囊膜已经破了。他屏住了呼吸,看到小羊伸出了修长的小脚。过了一会儿,它的身子也出来了,轻轻地掉在了棉絮上。小羊用清澈的眼睛,打量着这个新奇的世界,然后伸出粉红的小舌头,叫出第一声。这声音很轻,好像有些害羞,有些不太自信,可冬生感到心头一热。他大声喊,生了,生了!桂花,桂花,快来看,小羊出来了。可是,桂花没有应他,她和婆婆已经到镇上去了。

老屋像一件破衣裳,到处都是洞,西北风像箭一样射进来,羊圈里寒气逼人。冬生担心小羊会被冻死,赶紧拿了捆稻草,在空地上生起了火。开始的时候,风把火苗吹得东倒西歪,浓烟熏得冬生的眼睛都睁不开了。他闭上眼不停地吹气,慢慢地,火焰才变得旺起来。屋子里渐渐有了热度,冬生长满冻疮的耳朵开始痒了。借着火光,冬生看到母羊的眼中充满了温柔的怜爱,它用温暖的舌头专注地舔着小羊。小羊似乎很舒服,用奶声奶气的声音回应着,它的身体趴着,可爱的小脸蛋贴在软软的棉絮上,前面两只脚展开,后面两只脚蜷起,活像一个趴在地上看连环画的小屁孩。

母羊舔干了小羊的身子,小羊尝试着站起来,可是,它就像喝醉了酒一样,刚一起身,就摔倒了。它又试了几次,都没有成功。母羊有些心疼,咩咩地叫着。不知道摔倒了多少次之后,小羊终于颤颤巍巍地站起来了,不过,它的两只前腿呈现八字,好像站在光滑的冰面上一样。就在这时,冬生脸上的笑容僵住了,他看到小羊的身体左侧,居然多出了一条腿。他以为自己看花了眼,赶紧凑上前,发现这真的是一只长五条腿的羊,心一下子凉了半截。

过了一会,这个调皮的小家伙,歪歪扭扭地跑到母羊的肚子下,想要吃奶了。可是不知道为什么,母羊竟然跑开来。冬生知道,应该让小羊尽快喝到母乳;否则,它就会被活活饿死。可是,母羊一点都不合作,还用蹄子踢小羊。听着小羊可怜的叫声,冬生急得直跺脚,他甚至想:这只母羊是不是跟自己的姆妈一样,脑子不太正常呢?慌乱之中,他突然想起以前聊天的时候有人说过,遇到这种情况,最好的方法是把母羊的乳汁涂到小羊身上。冬生立马跑上去,照做了。说来也怪,小羊再蹭到母羊身边的时候,母羊居然没有躲,而是低下头,用鼻子嗅了嗅,站住了。小羊钻到母羊的身子底下,像站在宽敞的门廊底下,它用脑袋顶了一下母羊的乳房,伸出小嘴,贪婪地吮吸起来。吃完了奶,小羊就闭上眼睛睡了,母羊用自己的肚皮紧紧偎着它。

突然,母羊像是受了惊吓,猛地站了起来。冬生正觉得奇怪,这才发现,又一只小羊的腿伸了出来。冬生的心顿时紧张起来。母羊的表情似乎很痛苦,蹄子不停地撞击着地面。小羊终于落在了棉絮上,母羊尽心尽职地舔着小羊,可任凭它怎么舔,小羊依然一动也不动,任凭它怎样温柔地叫唤,小羊依然没有醒来。

冬生没想到,他会经受一连串的挫折,母羊接下来生的两只羊,都没有能够站起来。他把死去的三只小羊捡到蛇皮袋里,踩着积雪,埋到河边的空地上。他的身后,是母羊绵长、绝望的叫声。

桂花从县城坐了最后一趟车回家,她一上车,就睡起了觉。车开到镇汽车站的时候,她还没醒,售票员推了她三次,她才很不情愿地睁开眼睛。车窗外,冰冷的夜色正在一点点地吞噬着清冷的小镇,远山模糊的轮廓正渐渐地消失。冬日傍晚的白茫镇十分冷清,家家户户都紧闭大门,从门缝里露出橘黄的灯光和晚饭的香味。

走到村口,桂花顺手从地上抓了把雪,擦了擦眼圈。她推开家门,看到冬生一个人坐在八仙桌旁喝烧酒。冬生见了她,埋怨道,怎么这么晚才回来?我都准备去贴寻人启事了。她刚想说话,就听到厨房里传来一个熟悉的声音,这个声音吓了她一跳,方才想好的一串台词,生生地咽了回去。她的婆婆从厨房冲出来,头上还插着那根吃剩的棒棒糖。桂花像见到鬼一样,她看到婆婆手里拿着一把寒光逼人的朴刀,下意识地退后了半步。不过,很快她就镇定下来,笑着说,姆妈,你是怎么回来的?我从厕所出来就没见到你,找了你半天都没找到,真把我急死了。说话间,她用余光迅速地瞟了冬生一眼,冬生像是什么都不知道一样,喝一口酒,吃一口花生米。她婆婆好像很开心,眉飞色舞地说了半天,她才知道事情的原委。原来,她婆婆和她走散之后,就坐在地上哭。很多人围过来看她,她就朝他们磕头,每磕一次头,就会有人扔钱。围观的人越来越多,她面前的钱也越来越多。这中间有一个人,是隔壁村的,便把她带了回来。一听到这里,桂花悬着的心,终于落了下来。她假惺惺地说,姆妈,你以后要再乱跑,我可不带你出门了。她婆婆好像没听到她的话,只顾一个劲地跟冬生讲县城如何如何地好,跟他说天上真的会掉钞票。

桂花去厨房煮了面条,把婆婆切好的咸肉丝和水盐菜搁在里面,一顿夜饭就做好了。婆婆饿坏了,一连吃了三碗,吃完后,她放下筷子,摸了摸滚圆的肚子,打了个饱嗝,跑回了自己的房间。

桂花问冬生,母羊生了吗?冬生叹了口气。桂花问,一只都没活下来?冬生摇摇头。桂花又说,只生了一只？冬生还是摇摇头。桂花一下子冒火了，大声说，你变哑巴了吗？冬生声音沙哑地说，生倒是生了四只，可只活了一只。桂花深深地叹了一口气。冬生接着说，连这一只也是畸形的，竟然……长了五条腿。桂花吃了一惊，顿了顿，果断地说，这样的羊留着有什么用？明天中午把它炖来吃了。

她婆婆一跳一跳地出来了，两只手藏在背后，跳到冬生面前，拿出一副黑色的耳套。桂花有些酸溜溜地说，哟，你怎么只记得儿子，不记得媳妇呢？她婆婆像做错了事一样，低着头，抠着指甲。桂花赶紧说，我是说笑的，你怎么当真了呢！说着，桂花又拿出一根棒棒糖，塞到她嘴里，她马上又笑了。

第二天起床后，冬生就去了羊圈，桂花开始烧滚水。羊圈里光线昏暗，弥漫着淡淡的乳香。小羊在母羊的肚皮下贪婪地吮吸着乳汁，屁股撅得高高的。冬生点了支烟，想等它喝完奶再下手。小羊喝完了奶，心满意足地叫了一声，躺下来，把脸贴在旧棉絮上，睡起了觉。母羊低着头，像平常一样吃着干草，羊圈里安静极了。冬生蹑手蹑脚地走上前，不知道为什么，他的头皮一阵阵地发麻。他抱起小羊的时候，小羊似乎感觉到了危险，咩咩地叫着,踹着细细的蹄子,挣扎着。小羊从他手里滑落了,摔在地上,发出一连串惊慌失措的叫声。母羊听到小羊的叫唤,赶紧跑过来,用身子护住小羊。冬生用手拉住母羊的两只角,想把它搬开,可它就是不肯挪动半步。就在这时,好奇的小羊从母亲的肚皮底下探出了一个脑袋,冬生眼疾手快,一把抓住了它。

小羊很轻,冬生捧着它,就像捧着一团柔软的棉花。它在冬生的怀里,咩咩地叫着;母羊在圈里,也咩咩地叫着。冬生装作没有听见。他姆妈不知道从哪里冒了出来,一把抢过小羊,轻轻抚摸着小羊颤抖的身子,又对着它叽里咕噜地讲了一通话。冬生说,姆妈,我们中午煮羊肉吃。他姆妈的脸因生气变得扭曲,她说,你要吃这个小宝贝,先把我煮了。冬生不理她,伸手就要来抢羊。他姆妈往后退了几步,又猛地往前一冲,只听一声闷响,额头重重地撞到了墙壁上,鲜血沁了出来,顺着她的鼻翼慢慢往下流,滴到了小羊身上。她赶紧把小羊塞进了棉衣。冬生骂了句"神经病",气呼呼地走了。

腊月二十八,雪开始消融。村子里的大多数人家,都备好了年货,清闲地等着新年的到来。冬生吃了早饭,便出门去了。桂花去撕日历的时候,发现还有两天就要过年了,家里什么都没准备,这才开始忙碌起来。早上,她在家蒸好了三十八个团子,随便抹了一下窗户,把屋子扫了一遍,吃过午饭,准备到镇上买几条草鱼回来腌。

她的婆婆一直躲在灶膛口,一听到她关门的声音,马上就跑了出来。她走快,她婆婆跟着走快;她走慢,她婆婆也放慢脚步。桂花转过身问,你去哪里?她婆婆把头一仰说,哼!就不告诉你。

到了镇上,桂花突然改变了主意,坐上了去县城的班车。她婆婆最喜欢坐车,见她上了车,也像青蛙一样跳上了车。

还有两天就要过春节了,从县城回到镇上的人很多,去县城的人却很少,整个车里,居然只有她和婆婆两个乘客。她婆婆有些兴奋,一会在这个位置上坐一下,一会又在那个位置上坐一下,最后跑到车子的最后一排,躺了下来。售票员像看猴子一样看着她,桂花用手指了指脑袋,低声说,她这里面的线路有点问题。售票员"哦"了一声,她问桂花,去县城办什么年货呢?桂花愣了一下,笑着说,给……给她……买新棉袄。售票员竖起大拇指,啧啧地称赞起来,说她这么好的媳妇世上已经不多了,接着她又把那些不孝敬老人的媳妇狠狠地骂了一顿,说她们应该被拉出去枪毙。桂花的脸一会白，一会红，心里很不是滋味。她从口袋里摸出瓜子，慢条斯理地嗑了起来，一边嗑，一边盘算着自己的计划。

县汽车站人头攒动，比菜场还热闹。桂花正准备出站，看到面前停着一辆蓝色的大巴车，牌子上写着广州、东莞。有一个胸前挎着黑包，唇角长着黑痣的女售票员，热情地询问从她身边经过的每一个人："去不去广州？去不去东莞？"桂花停住了脚步，问道："车什么时候开？"售票员看了看手表说："还有十分钟吧！"桂花一听，赶紧上了车。她的婆婆见她上了车，也跟了上来。

这是长途的卧铺车，车厢里有一股臭袜子的味道。桂花的婆婆找个空位坐下来，擤了把鼻涕，擦在裤子上，然后用被子把自己紧紧包住，开始睡觉。售票员问桂花："去哪里？"桂花想了想说："东莞。"售票员说："两百六。"桂花一听，心猛地往下一沉，像遭人抢劫了一般。她伸进棉袄的内袋，摸出一个手帕，慢慢打开，从里面取出三张百元大钞，手指沾了沾口水，把钱数了两遍，很不情愿地递给了售票员。售票员愣了一下说："你不去吗？"桂花说："她一个人去，到了东莞，我小叔会去接的。"售票员撕了车票，开始找钱。桂花忙问："大概多久能到？"售票员说："可能要大年三十下午了。"桂花又问："几点钟呢？"售票员说："这可连神仙都说不准。"桂花点了点头，压低了声音说："我婆婆脑子有点问题，她说什么话，你别当真。"售票员说："这个你就放心好了。"这时，有人拉着箱子走过来，售票员忙迎了上去。桂花坐了一会，便溜下车，往厕所走去。等她解完手出来时，车已经开走了。她松了一口气，转过身，像一只巨大的紫色气球，飘出了车站。

冬生回来得很晚，北风刺骨，他竖起衣领，加快步子，想回家吃一顿热气腾腾的夜饭。可走到家门口，他就皱起了眉头，家里居然连一盏灯都没有亮。他推开门，发现屋子像冰窖一样冷，黑暗中传来了桂花的抽泣声。

冬生的心像是被揪了一下，急切地问："出什么事了？"看到他回来，桂花哭得更厉害了，声音干燥而沙哑。他拉了灯绳，看到桂花哭得像花面老虎，以为是岳母去世了，忙问："到底出什么事了？"桂花用袖子抹了抹眼泪说："姆妈失踪了。"冬生没有吭声，点上一支烟，深吸了一口。桂花接着说："我到镇上去买东西，回来就没见到她的人，我找遍了村子也没找到。"冬生沉默了一会，低声说:"去把手电筒找来。"他们一家一家地敲门，每敲开一扇门，冬生问的都是同样的话，有没有见到我姆妈？敲完最后一扇门，已经是后半夜了。回家的路上，两人一句话都没有说。

第二天，冬生起得很早，他准备到镇上去打听姆妈的下落。桂花怕冷，连头都塞在了被子里，像一只睡得正酣的母狮。冬生穿好衣服，下了床，他想抽支烟，一不小心把打火机落在了地上。他马上蹲在地上摸，摸了一圈什么也没摸到，便把身子钻到桌子下面，手伸到了墙根。他没有摸到打火机，却摸到了一个纸团。房间里光线很暗，他以为是钱，便打开灯来看，竟然是一张去东莞的车票。他朝桂花看了一眼，却没有叫醒她。

冬生用湿毛巾随便在脸上抹了一下，便去找邻村的张老师写寻人启事。中午时分，他和桂花一起用糨糊把这些启事贴在小镇最热闹的地方。到了傍晚，镇上的人便都知道冬生的傻娘失踪了，也知道桂花昨天哭了整整一个晚上。

大年三十的傍晚，冬生和桂花在家里准备年夜饭，柴火在灶台口里发出炸裂声，热气腾腾的屋子里，弥漫着食物的香味。桂花问他:"你要吃几个团子？"冬生说:

"我一个也不要。"桂花说："大过年的，怎么能不吃团子呢？我帮你煮三个吧。"冬生说："两个吧，两个就够了。"这时，门突然开了，冬生赶紧跑过去看。桂花问："谁来了？"冬生说："没有人，是风。"桂花说："把门闩上吧。"天快黑的时候，雪又下了起来，漫天飞舞的雪花，让村庄显得静寂而又安详。

冬生每天早上都要去羊圈喂草料，只要闻到那股淡淡的乳香味，他心里就有一种说不出的温暖。小羊很调皮，只要他一打开圈门，它就撒开腿往外面跑。老屋的门，已经残破，留出三寸宽的门缝，它想从门缝里挤出去，左摆右摆，总算把头伸了出去，可身子却卡在了中间，进退两难，咩咩地叫个不停。

这样温馨的场景，并没有持续多久。正月十九那天早上，冬生发现母羊躺在地上，身子发抖，一口草料也不肯吃。小羊不知道母亲病了，像平时一样叼着奶头，拼了命地吸，可是一点奶水都出不来。它肚子很饿，咩咩地叫个不停。母羊心疼地看着它，眼睛湿湿的。冬生慌了，忙去叫桂花。

桂花双手抱在胸前，远远地看了一眼，咂了咂嘴说："我看活不了几天了，不如找刘快刀来杀了。"冬生不吭声。桂花朝他白了一眼说:"现在不杀,等死了味道可就不鲜了。"冬生有些不舍,摸了摸母羊说:"说不定,过两天就好了呢。它只生过一胎,杀了可惜。"桂花火了,叉着腰就要开骂。冬生闻到了空气中的火药味,无可奈何地说:"好好好,听你的,都听你的。"

当天下午,刘快刀就来了,冬生去圈里牵羊。母羊似乎知道接下来会发生什么事情,流着泪,有气无力地叫着。等他把绳套在母羊的脖子上,母羊突然跪下了前腿,像是在求饶。他拉紧绳子往外拽,母羊全力反抗着,膝盖在地上磨出了血。到了门槛边,母羊的整个身子都倒在了地上,他只好把它抱出来。等他把母羊拴在河边的楝树上时,竟累出了一身的汗。母羊的腿在不停地打战,它围着树不停地绕圈,把脖子勒得紧紧的,叫声非常绝望。

刘快刀又让冬生把羊腿拴好,他喝了一口茶,朝刀子上吹了一口气,走到母羊跟前,准备动手。这时,桂花喊他们去吃荷包蛋。刘快刀说:"要不,杀完再吃?"冬生说:"杀完就凉了,趁热吧。"他们转身往家里走去。在他们身后,母羊绝望的叫声,让这个原本就寒气逼人的下午,变得更加寒冷。

等到他们出来时,发现小羊不知道什么时候也跑了出来，它紧挨着母羊，身子缩成一团。刘快刀带着嘲笑的口吻问："这就是那只五条腿的小羊吗？"冬生轻轻地嗯了一声。刘快刀又问："要不要一起杀了？"冬生忙说："不用了，不用了。"刘快刀坏笑着说："你留着它，难道还准备收门票不成？"冬生低声说："一个没娘的孩子，怪可怜的。"说完，他尴尬地搓着手，雪白的脸上，染上了红晕。

刘快刀撸了撸衣袖，准备动手。可他一低下头就傻眼了，皱着眉头轻声嘀咕道："咦，我的刀怎么不见了呢？"冬生也帮着他找，可找了好几圈，都没找到。冬生说："我家倒是有一把，不知能不能用？"刘快刀白了他一眼说："我不从来不用别人的刀。"说完，回家拿刀去了。

冬生不忍心让小羊看到血腥的场面，准备把它抱回圈里。如果是以前，他一靠近，小羊就会紧张地叫起来；可这一次，它的眼睛直直地瞪着他，一声也没有叫。他伸手去抱小羊，它身子底下像是粘了胶水，一动也不动。他抱起小羊，感觉它憋足了劲，身子缩得紧紧的，像一块石头。母羊长叫了一声，像是在做最后的道别。冬生不经意一回头，看到了难以置信的一幕：原来，那把刀子刚才一直被小羊藏在身下。

冬生的心咯噔了一下,泪水一下子涌了出来。他已经很多年没有流眼泪了,脸上又疼又痒。他放下小羊,割断了捆住母羊的绳子,疯了似的往镇上跑去。

▼
▼ 一瞬之夏

男人爱上的第一个女孩,总是他的姐姐。日本导演黑泽明就曾在自传《蛤蟆的油》中深情地描述过他早逝的小姐姐,并说她身上有一种像水晶一般透明、柔弱易殒、令人哀怜的美。小姐姐去世后的某一个人偶节,他遇见一个女孩,像极了小姐姐,于是一路跟着她。女孩消失了,男孩看到了满目绚烂的桃花,如梦如幻。

——题记

记得那年夏天,雨水特别多,村子里光线灰暗,像海底的一艘沉船。我和堂弟只能待在家里玩,他胆子很小,只要一听到响雷,就捂着耳朵往衣橱里跑。雨啰啰唆唆下了半个月,天终于晴了,母亲知道我们闷得发慌,便叫我们去放鸭子。她说:"你们要小心看着,这群小鸭心很野,只要有一晚不回家,就会变成野鸭了。"堂弟一听,高兴地跳起来说:"那就把它们全放了,我妈说野鸭比家鸭好吃得多。"母亲瞪了他一眼,他不好意思地吐了吐舌头。

正是午睡时分,村子里空空荡荡,久违的阳光格外刺眼。树枝上,知了的声音越来越大,像在为什么事情争得不可开交。小鸭们闻到池塘的气味,顿时兴奋起来,摇摆着圆滚滚的身子往下跳,动作笨拙而滑稽。有一只鸭子,很胖,胆子很小,它站在池塘边,探了一下头,马上又缩了回来。我用竹竿捅它的屁股,它急得嘎嘎直叫。堂弟俯下身,摸了摸它颤抖的身子,抱起来,像放纸船一样,小心翼翼地放到了水里。

我穿着一条开了"三扇窗户"的红短裤,撅着屁股,和堂弟在馄饨树下玩泥巴。村里的老人经常把我们叫作"黑白无常",因为我皮肤黑得发亮,像涂了黑漆的泥娃娃;堂弟则又白又胖,他总喜欢穿一双绿色的拖鞋,就像一只小白熊踩着一块西瓜皮。他在修一座城堡,我则在修一条公路——从我们小镇通往县城的公路,因为从我们镇上去县城,还没有公路,只能坐轮船。我七岁了,还不知道县城是什么样子。热风吹得人昏昏欲睡,一束狡猾的阳光,穿过层层叠叠的枝条,照在我背上,像烟头一样烫。

蹲的时间长了,腿有些发麻,我站起来,跺了跺脚。就在这时,我看到村口的洋槐树下,站着一个又高又瘦的女孩,二十出头的样子,穿着白色的连衣裙,戴着波浪边的草帽,像是从挂历上走下来的一样。

她走得比我想象的慢,像一片云彩缓缓地、缓缓地飘过来。等飘到跟前时,我看到她的皮肤,比镇上所有的女孩子都白,眼睛像雨后的天空一样干净、明亮,一边走一边拿绸面的小扇子轻轻扇着风。一阵好闻的水蜜桃香味传到了我的鼻子里,我使劲地吸了几口,赶紧低下了头。

我以为她已经走远了,抬起头一看,发现她竟然还站在那里,正握着一只粉红色的塑料水壶喝水,粉白的脖子,轻轻颤动。喝完水,她用手背轻轻擦擦玫瑰色的柔软嘴唇。我怕她发现我偷看,赶紧别过脸去,假装轻松地吹起了口哨。

"小弟!"她叫了我一声,声音像一朵蒲公英飘到我耳边,柔柔的,痒痒的。我没想到她会跟我讲话,脑子竟然一片空白。她后来讲了什么,我一句也没听清楚,只是一个劲地摇头,好像傻了一样。

看着她修长的背影,像一条细线消失在道路的拐角,我心中竟然有了一种莫名的忧伤。堂弟用手背抹了抹鼻涕,看着我,一脸认真地说:"我妈说骗人是小狗,你刚才骗人了。"

我心里咯噔了一下,说:"我,我,我骗谁了?"

"李福春不是你爸爸吗?李福春家不就是你家吗?你怎么不知道自己家在哪里?"

我这下才醒过神来,支支吾吾地说:"我,我,我没听见。"

"我知道为什么,"堂弟顿了顿说,"你……喜欢她。"

我恼羞成怒,抡起手掌吓唬他:"再说,我一掌劈死你。"

天色渐暗,我们像两个小流浪汉,赶着鸭子,往家里走去。那只胖鸭子走得特别慢,堂弟干脆把它塞进了短裤的口袋里。走到半路,我闻到了久违的酱肉香味,使劲吸着鼻子,撒开腿跑回家。可刚进门,马上又掉过头,拼了命往外跑。堂弟不知道发生了什么事,跟着我,边跑边问:"阿哥,阿哥,你见到鬼了吗?"我跑得上气不接下气说:"比鬼可怕一百倍!"

我们躲到了"碉堡"里,那是村子西边一座拱桥的

《 没有人知道

桥洞，离我们家有一里多地，周围没有一间房子，只有一片幽暗的树林，树上挂了一些蛇皮袋，袋子里装着死去的猫。经过一天暴晒，桥洞里热得发烫，我身上黏糊糊的，就像正在融化的小糖人。

天说黑就黑了，脚下的河水，颜色越来越深，渐渐看不清楚了，又过了一会，连我自己的脚趾也看不清了，风吹在身上，却还是热乎乎的，带着一股淤泥的腥味。堂弟的肚子，咕咕咕咕地叫着。他捂着肚子，痛苦地说："阿哥，我要饿死了。"我很不耐烦地说："胖子的事情就是多。"谁知道他竟然哭了起来，我怕暴露目标，赶忙捂住他的嘴，安慰道："你别急啊，等天黑了，我去给你采水瓜，再给你抓条鱼。"听我这么一哄，堂弟就不哭了。

不知道又过了多久，堂弟好像醒过神来，嘀咕道："我又没做错事，我回去又不会挨打。"我不想一个人待着，便恐吓他："我听说那片小树林里有鬼火，它会追着你跑，你不怕吗？"谁知道他根本不吃这一套，拍了拍手上的尘土，跳到了河滩上，走了几步，又回过头说："放心，我会给你送吃的。"他这么一说，我也觉得饿了，叮嘱道："别忘了我们的暗号。"

堂弟走后,夜色变得更加黏稠,我竟然也害怕起来。去年,村里有一个叫小扁豆的男孩被水鬼拖到了水底,淹死了。老人们说,水鬼的身体不大,力气很大,就连牛都能拖走。我越想越怕,河面上的每一点响动,都让我心惊胆战。有几次,我想着干脆硬着头皮回去算了,可是,想到父亲刀子般的眼睛,我又放弃了。

一群蚊子很快发现了我,它们像网一样罩住我,嗡嗡地叫个不停,让我心烦意乱,我正想拍,桥面上响起了一阵脚步声,越听越像我的父亲。我的心猛然一紧,屏住了呼吸。蚊子趁机对我大举进攻,我咬着牙忍着。等到脚步声彻底消失,我长长地舒了一口气。

我趴在河边,喝饱了水,又爬回了"碉堡"。我看着黑漆漆的拱顶,越看越像一口棺材。突然,一种从未有过的孤独感涌上了心头,我觉得自己就像一个被遗弃的孤儿,泪水滑到唇角,又咸又涩。

"阿哥!阿哥!"

堂弟在叫我了,我赶紧擦干了眼泪,假装镇定地说:"暗号!"

堂弟忙说:"天王盖老虎。"

我则回:"宝塔镇河妖。"

《没有人知道

我听到黑暗中传来一阵笑声,是一个女孩子的笑声,像水瓜一样清脆,心中暗暗一惊:堂弟把我出卖了。我急忙从桥洞里跳下来,准备逃跑,一着急,把脚崴了。我坐在地上,好像一架失事的飞机。

堂弟从桥上踢踢踏踏地跑下来。"叛徒!"我骂道。他倒也不生气,塞了一颗糖给我。我侧过脸,不理他。他说:"阿哥,你知道下午那个的丫头是谁吗?是南京大伯的女儿,我们的堂姐。她带了糖,还带了两件海军衫。我妈说,这可是花钱都买不到的。"

这时,堂姐从桥上下来了,她的脚步声很轻很柔,但却像马蹄一样在我心中响彻,我恨不得跳河而逃。空气中充满了好闻的蜜桃味儿,堂姐站在了我面前,我知道她在笑,但我不敢看她,低着头,抠着指甲。

堂姐说:"水生,我背你。"说来也怪,她的话竟然像灵丹妙药,我的脚竟然没有那么疼了。"你怎么知道我的名字?"我的话里仍然带了一股火药味。堂姐一点也不生气,笑着说:"你还没有叫我阿姐呢!"我想喊她,可嘴里像塞了头大象。堂姐也不介意,摸摸我的头,拿了草莓味的夹心饼干给我吃。

吃完饼干,她就蹲下来,我顺势趴上去,搂着她的脖子，心怦怦直跳。我能听到她轻微的呼吸声，连她呼出来的气，竟然都是甜丝丝的。她的头发在我的脸上，蹭来蹭去，痒酥酥的，像猫咪的胡须。

月亮终于出来了，月光像水洗过一样，像是给堂姐盖了一条美丽的纱巾。她背着我，一只手还牵着堂弟。草丛里，有潮湿的蛙鸣和闪烁的微光。村子里，灯火正一盏盏熄灭。我觉得眼皮越来越重。

早上起来，家里出奇地安静，只听到座钟在嘀嗒嘀嗒地响。我睁开眼，看到枕边放着新衣服，赶紧下床去找堂姐，可找遍了所有的房间，都没找到。我以为她已经走了，坐在门槛上，拉长的脸，好像一根苦瓜。

母亲从河埠边洗完衣服回来，我装作平静地问："阿姐回去了？"母亲一边晾衣服，一边说："在你叔叔家呢。"听到这里，我跳起来，一瘸一拐地往叔叔家走去。到了叔叔家门口，我并没有进去，而是扒在门沿上，偷偷往里看。堂姐正在吃早饭，脸上印着粉红的竹席印子。她换了另一条白裙子，光滑的肩膀露了出来，像大白兔奶糖一样白。手上涂了透明的指甲油，尖尖的指甲，像是草叶上一滴露水。堂弟则穿着白蓝相间的海军衫，坐在蟹巴椅上玩他那把木头枪。

《没有人知道

　　堂姐吃完早餐，准备出门了，我赶紧跑到门口的草垛里躲了起来。等他们走出了一段路，我就轻手轻脚地跑到她身后，猛地抱住她的腿。堂姐脸色吓得煞白，见到是我，马上又笑眯眯地说："水生，你去哪里啊？"我反问："你们又去哪里啊？"堂弟说："去邻村看大伯的好朋友，大伯带了棉花和糖果给他。"堂姐问我："你要不要一起去？"我没说话，把手悄悄塞到了堂姐的手里。

　　大伯的好朋友留我们吃了午饭，又拿了两斤自己炒的茶叶让堂姐带回去。太阳很毒，我的手出了很多汗，滑溜溜的，像块湿肥皂，可我还是舍不得从堂姐的手里抽出来。

　　下午无所事事，我提议去捉鱼。我从家里拿了一只竹篮、一只水桶，带着他们往村子西边走去。堂姐有些怀疑："水生，就拿这个篮子，我们能捉到鱼吗？"我说："等一下你就知道了。"堂弟好像有些不乐意，噘着嘴说："我妈说，沟里有很多很多蛇，昨天有人捉到一条，比我还长呢！"我白了他一眼说："你要是怕，可以不去嘛，反正你也帮不上忙。"可他却还是像个跟屁虫一样跟着。

　　到了沟渠边，我示意他们把脚步放轻。观察了一会后，我装作很有经验的样子说:"这里有鱼。"然后，对堂弟说:"你用泥把这里封起来。"堂弟不敢下水，堂姐脱了凉鞋，把裙子卷起了，打了个结，开始在沟里堆泥。我向前走了十几米，轻手轻脚地下水，也开始堆泥。等到两头都封好之后，我和堂姐就像搅糨糊一样，把沟里的搅浑了。

几分钟后，鱼开始浮起了起来。堂姐迫不及待，拿了篮子开始捞，可是她的动作太慢，一条都没捞到。我拿过篮子，利索地放下水，又利索地提起来，第一篮就收获了一条柳叶鱼和三只小白虾。我们的收获不小，但也付出了代价，我的身上、脸上都溅满了泥浆，堂姐白净的小腿上，被蚊子咬了一串串的红点，像赤豆粽子一样。

天阴沉下来，雷声轰鸣，堂弟很害怕，说:"我妈说，雷会把人劈成两半的，我们快回去吧。"我说:"胆小鬼，要回，你先回。"说完，我又下了一篮，可刚提起篮子，我就扔掉了，跳上田埂，边跑边说，惊魂未定地说:"蛇，蛇，有蛇!"

过了好一会儿，我说:"我过去看看。""要不，我去吧。"堂姐的说话声都有些颤抖。我的脚虽然在发颤，但我还是装作很镇定的样子说:"放心，我有办法。"我找了根棍子,走过去,刚提起篮子,就听到了草丛里传来咝咝的响动声。

那条蛇正向我游来,我的心怦怦地直跳。我想跑,但已经来不及了,蛇已经到了我脚边。我想起父亲说过,蛇在身边的时候最好不要跑,你跑得越快,它追得越快。于是,闭着眼睛,咬着牙,一遍遍地对自己说,不要动,不要动……蛇似乎对我也没有什么兴趣,慢吞吞地游着,尾巴划过了我脚踝,就像一把冰凉的匕首。

雨终于下了,豆大的雨点,像是有人用手指不停地弹我的脑门,越弹越重,越弹越快,最后,弹得我连眼睛都睁不开了。堂姐怕我们滑倒,让我们躲在她的胳膊下,紧紧地抱着,就像一只大鸟用翅膀保护着两只小鸟。我们在一片白茫茫的大雨中走着,每一步都很艰难,但我却希望雨永远都不要停。

回到家时,我们浑身都湿透了,往堂前一站,地上很快就积了一摊水。母亲刚要骂人,见到我们带回来的半桶鱼,到了嘴边的话儿又咽了回去。她赶忙叫我们脱衣服,拿干毛巾给我们擦身子。我擦完身子,就去给堂姐烧水洗澡。洗澡在一只大铁锅里,像煮饭一样。水太烫了,堂姐叫我加冷水。我掀开布帘子,看到了她雪白的背。我只看了一眼,就不好意思再看了。

那天晚上,父亲回来得很晚。天黑的时候,我们才开始吃晚饭。母亲叫我把小饭桌搬到场院上。晚饭特别丰盛,我们捉的黄鳝烧了茄子,泥鳅炖了豆腐汤,柳叶鱼则裹上一层面粉,炸得金黄金黄,吃在嘴里,又酥又脆。父亲像往常一样,用像肚脐一般小的白瓷酒盅喝白酒,每喝一下,就皱一下眉头,像哭一样。堂弟也在我们家吃饭,吃得满脸都是米粒子。雨后的空气有一股甜味,风吹在身上,像喝凉茶一样舒畅。

到了睡觉的时间,堂弟要把堂姐拉到他家去,我马上板着脸说:"她昨天陪你睡了,今天轮到我了。"堂弟不理我,硬扯着堂姐的手往前拉,我一看形势不妙,忙拉住她的一只手。

"阿姐,别跟他睡。"我说,"都四岁了,他还尿床呢!"

"他是烂脚丫,会传染的!"堂弟马上反击道。

"你是尿床大司令!"

"你是烂脚丫大将军!"

看到我们吵架,堂姐生气了,皱着眉头说:"你们要是再吵,我一个都不理了。"

"阿姐,告诉你一个秘密。"堂弟却不肯罢休,说道,"他喜欢你,他要娶你做老婆呢。"

堂姐一听,扑哧一笑。我却尴尬极了,像是当众被人剥光了衣裳,对着堂弟的背上猛击了一拳,他哇的一声哭了起来。母亲正在厨房洗碗,听到哭声跑出来,用指关节猛敲我的头,声音清脆而响亮。我也大哭了起来。她过来扯我的手,可是她越扯,我的手就抓得越紧。堂姐把我俩揽在怀里说:"如果你们不吵架,我们三个一起睡!"

那天晚上,堂姐睡在我家,她睡在中间,我和堂弟一人一边,我把脸贴在她软绵绵、香喷喷的手臂上,很快就睡着了。后半夜,她的咳嗽声吵醒了我。我睁开眼,看到月光从窗户里照进来,把房间照得像白天一样亮堂。她把床单裹得严严实实,额头上布满盐一样晶莹的细汗。她要起来喝水,我赶紧跳下床给她去倒。这时,堂弟也醒了,他吓坏了,一个劲地问:"阿姐,你不会死吧?你不会死吧?"她笑了笑说:"可能感冒了。"过了一会儿,隔壁房间有了动静,父亲起来了。他背着堂姐去村里的赤脚医生家,我则在前面打手电筒。

赤脚医生睡熟了,叫了半天,他才打着呵欠来开门。堂屋里只挂了一盏节能灯,光线很暗,像一个睡眼蒙眬的人，勉强地睁着眼睛。他打着手电筒，让堂姐伸出舌头，又翻开她的眼皮，然后从一只铝饭盒里拿出针管，准备打针。我转过头，不敢再看。桌子上摆了很多瓶瓶罐罐，趁他没注意，我打开一只棕色的瓶，从里面取了一片药，悄悄把外面的糖衣舔掉，又放了回去。

医生叮嘱堂姐不要吹风，所以，接下来的几天，她大部分时间都是在床上度过的。她胃口不好，吃饭吃得很少，父亲便给她买了一罐麦乳精、两袋华夫饼干，当然，其中的一大半都进了我和堂弟的肚子。

第一次喝麦乳精时，我一连喝了三大杯，走路的时候，可以听到肚子里晃荡的水声。我没想到这世界上居然还有这么好吃的东西，看来生病真是一件再好不过的事情了。

晚上，父亲让堂姐一个人睡，而我总是在半夜里，偷偷跑到她的床上，等到天快亮时，才回到自己的床上。白天，她坐在床上安安静静地看书，我和堂弟就在床边玩玻璃珠子。等我把堂弟的玻璃珠子全赢完了，才发现堂姐在哭，眼睛里就像有一条小溪，透明的溪水顺着鼻翼流下来，嘴唇上闪烁着透明的微光。

"阿姐，你怎么了？"我轻声问。

她不好意思地擦了擦眼泪说:"没事,是书写得太感人了。"

"阿姐,你看的是什么书?"我又问。

她说:"《人生》。"

堂弟把"人生"听成了"人参",忙说:"看了这本书,是不是会长生不老啊?"

她正在喝水,听堂弟这么一说,扑哧一笑,水都喷了出来。她开始跟我们解释什么是人生,她说人生就是一个人从生到死的过程,这一生,要做很多很多事,要念书、工作、谈恋爱、结婚、生孩子……

我问:"那这世界上有没有长生不老啊?"

她摇了摇头。

堂弟问:"我这么小,生出来的孩子,不是只有鸭子那么大?"

她又笑着说:"你也会长大啊,你会长得像你爸爸那么大。"

堂弟似懂非懂地点了点头。

四天之后,堂姐的病彻底好了,可是,堂弟却病倒了,堂姐给他买了一大堆水果罐头。我别提有多难受了,那段时间,我做梦都想生病——生一场大病,最好是一辈子都好不了，当然，前提是不用打针吃药。

一天早上，母亲叫我起床，我撒着娇说："我的头好痛，手好酸，我一点力气都没有……我要死了。"母亲很紧张，摸了摸我的额头，又摸了摸自己的额头说："不好！发烧了。"她要带我去看医生，我不肯去，有气无力地说："我的病和弟弟的病是一样的，他吃什么药，我就吃什么药呗。"母亲便给我去配了药，又叫堂姐喂我吃药，可只要她一转身，我就把药扔到了床底。

吃饭的时候，堂姐坐在床边喂我，她用筷子把鱼肉里大大小小的刺全部挑了出来，可我只吃了一口，就吐了出来。堂姐看我吃不下饭，便到供销社买了麦乳精和水蜜桃罐头。这些东西虽然好吃，但是到了后半夜，我总是会被饿醒，只好偷偷爬起来，到厨房找填肚子的东西。到了第三天晚上，我还是躺在床上，没有一点好转的迹象，母亲急了，要带我去看医生。眼看这场戏再演下去就要露馅了，我只好草草地收了场。

我的病好得正是时候，因为第二天就是镇上赶集的日子，狭窄的街道上挤满了人，我和堂弟像泥鳅一样钻来钻去。空气里弥漫着浓浓的烟草味和汗酸味，堂姐闻不惯这个味道，一直用手捂着鼻子。她去买烧饼，让我们在一旁等着,不要乱走。我们哪里管得住自己的脚,不知不觉就往前走了。

我看到有一个老头在卖药酒,他的头发、胡子和眉毛全白了,像仙人一样。他面前放了几个玻璃罐,里面泡的全是蛇。有一条蛇竟然有碗口那么粗,样子很是吓人。往前走,一个瘪嘴的老头,正在用草叶编着各种小玩意儿,几张草叶在他手里绕来绕去,不一会儿,就变成了一只蟋蟀,或者一只小鸟。再往前走,又看到一个中年男人在卖小猪,他手里拿着酒壶,口袋里放着花生米,喝口酒,就往嘴里扔一颗花生米。那三只小猪像是穿了靴子,在地上拱来拱去,最后,它们拱到一起,扭打成一团……我蹲在一旁,看入了迷。

这时,有人拍我的肩膀,回头一看是堂姐。她把热乎乎的烧饼递给我,又问:"弟弟呢?"我朝四周看了看,吓出了一身汗,他竟然不见了。"刚……刚才……还……还在啊!"我一急,舌头就变成了麻花,话也说不利索了。

堂姐拉着我钻进人群,边走边喊堂弟的小名,不时地停下来问街边的小商贩。可是我们从街头找到街尾,再从街尾找到街头,都没有找到,最后,又回到了烧饼店门口。堂姐眉头紧锁,急得脸都红了。她一边四处张望,一边自言自语:"他那么小,要是被坏人骗走了怎么办?"我知道闯了大祸,低着头,不敢看她。就在这时,传来一阵轮船的汽笛声,她拔腿就往码头跑去。

我们晚到了一步。轮船正准备开,河面浑浊,漂满了烂菜叶子,螺旋桨打出了一个巨大的漩涡。河滩上,有一只黄毛狗汪汪汪地吠个不停。

突然,我看到了河面上漂着一只绿色的小拖鞋,尖叫道:"拖鞋!弟弟的拖鞋!"堂姐赶紧对着轮船大喊,可船上的人根本听不到她的声音,轮船离岸越来越远了。她跑到候船室,找售票员说了一大堆好话,售票员拿了面小红旗在岸上挥了挥,轮船终于靠岸了。

在一张绿色木条凳上,我们找到了堂弟。他睡得正香,嘴角还在流口水,脚上只穿了一只拖鞋。堂姐叫他,他一点反应都没有。船上的乘客都好奇地看着我们,只有一个脸上有刀疤的老头闭着眼睛,好像睡着了。

堂姐背着堂弟回家,半路上,他终于醒过来了,只是他的眼睛像是木头刻的,一点神采都没有。堂姐黑着脸,问他刚才发生了什么事,怎么一个人跑上了轮船。堂弟说:"有个老头给了我一颗糖,我吃着吃着,就什么事情都不知道了。"堂姐沉默了一会说:"外面坏人很多,你们不能随便吃别人的东西,知道吗?"我们点了点头。

进村的时候,我越走越慢,最后索性蹲在了地上。堂姐问:"水生,你肚子不舒服吗?"我摇了摇头。堂姐问:"走不动了吗?"我又摇了摇头。堂弟好像知道我在想什么,他说:"他是怕回去挨打。"堂姐听了,马上对我说:"今天的事不能怪你,要怪只能怪我。"堂弟补充道:"还怪我自己嘴太馋。"堂姐见我还不肯走,又说:"今天的事,是我们三个人的秘密,谁也不能说出去,谁说出去谁就是小狗。"说完,我们拉了钩。

美好的日子,总会让人产生错觉,我以为堂姐会一直待在我们家。当她提出要回家时,我难过极了。整个晚上,我都睡不踏实,过一会儿,就要睁开眼看看外面的天色,生怕睡过了头。

母亲起来做早饭了,她准备到河边去打水,却怎么也打不开门,赶忙叫醒了父亲。父亲一看我没在屋里,就知道是我在搞鬼,扯着嗓子喊:"水生,快开门,再晚你姐就错过轮船了。"我没有理他。他见软的不行,就来硬的:"快把门打开,再不开,我就把你打成扁团子。"说完，又对母亲说："把锯子给我找来。"

我害怕了，乖乖地开了门，父亲突然从门背后抄起一根扁担，冲了过来。我拔腿就跑，他一手拿着扁担，一手叉着腰，气急败坏地说："你要是敢跑，就再也别回来。"我一动也不敢动了，闭上眼睛，等着父亲的惩罚，啪的一声，扁担落了下来，可我身上一点也不疼，睁眼一看，堂姐挡在了我前面，扁担打在了她的腿上。她紧紧地将我抱着，说："叔叔，你别打了。水生这是舍不得我呢！"我鼻子一酸，哭着问堂姐："阿姐，你痛不痛？"她咬着嘴唇，摇了摇头，眼睛里闪烁着微光。我说："那你明年夏天一定要来。"她点了点头。

在漫长的等待之后，第二年夏天终于到来。每天下午午睡之后，我和堂弟都会跑到轮船码头去玩。烈日炙烤下的小镇很荒凉，架着机枪也扫不到几个人。候船室里的售票员正在打瞌睡，电风扇摇头晃脑，累得直喘气，发出咯咯的摩擦声。只要一听到隐隐约约的汽笛声，我们的眼睛就突然变得明亮起来。轮船像一个行动不便的大胖子，终于慢吞吞地靠岸了。我们仰着头看着船舱里吐出的人，一个，一个，又一个，可是，堂姐始终没有出现。泛着白色泡沫的漩涡安静下来，水面上漂着五颜六色的油花……

码头又变得冷清起来。傍晚时分,开走了最后一班船,候船室果绿色的大门关上了,那悠长的吱嘎声,像是一声叹息。我和堂弟若有所失地往家里走去,路上一句话都不说。

▼▼ 没有人知道

过年前几天,白茫镇上的石矿总算停工了,红色的塘口像鳄鱼张大着嘴巴。山里格外寂静。刘小海从工棚里出来,急急忙忙地往后山走去。山上长满了枯黄的茅草,足有一人多高。翻过了一座山,又穿过一片松林,他来到了一座土坟前。他掏出烟,点了一支插在坟头上,自己也抽了一支。烟直往眼睛里钻,眼睛被呛出了泪花。抽完烟,他看到四下里没有人,便掏出小铲子,在旁边的一棵松树下挖了起来。不一会儿,挖出一只塑料袋。他小心翼翼地打开袋子,开始数起了钱,这是他三年来省吃俭用存下的钱,一共4673块。

家里实在太穷了,他挣的这笔钱,算得上是一笔巨款。他还清楚地记得,从家里出来的那天是7月的最后一天,雨下得很大,像跟他有仇似的。家里连把伞都没有。他和父亲把罩衫盖在头上。山路很滑,鸟粪般稀薄的泥浆可以飞到头发里。那天不是赶场天,街道上冷冷清清,连狗吠的声音都没有,风吹散乳白色的烟。他看到一个卖瓜子的老太太缩在墙根,她的身子弯曲得厉害,像一只虾。跑到汽车站时,他们浑身已经湿透。他脱下衣服,拧着水。父亲摸了摸口袋,拿出20元钱给他。父亲说,只有这么多了。说话的时候,雨水顺着他苍老的脸上流淌下来。刘小海知道,这些钱是父亲起早摸黑在山上挖中药摘金银花攒起的。钱又旧又湿,刘小海推让着,他知道20块钱对于父亲来说意味着什么。父亲一直是个精打细算的人,他买盐巴,要走半天的山路去板当镇,不是因为村子里没有盐巴卖,而是因为摆当的盐巴,每斤要便宜一角钱。

第二天,刘小海起得很早,天色还是黑漆漆的,山里面所有的动物与植物都在沉睡。风很大,冷得彻骨。走着走着,他就觉得自己的耳朵被风吹掉了,脚下的碎石发出咔嚓咔嚓的清脆声响。采石场离白茫镇有好几里地。他准备从镇上坐车到县里,之后从县里坐车到杭州,然后坐火车到贵阳。从杭州坐火车两天一夜到贵阳。在贵阳火车站附近一个叫河南庄的地方有汽车到他们县里,每天晚上八点半准时发车。在车上晃一个晚上,就可以晃到县城,再坐四个小时车到镇上,走半天山路,就到家了。他将路程写在一张香烟纸上,还标上了每一笔费用。他决定在到贵阳之前,一直吃自己的干粮,这样,就可以省下一点钱。这笔钱他想用来买一件衣服。三年以来,他没舍得买一件衣服。回去的时候,还穿着出来时的衣服,那会让村子里的人笑破肚皮的。

他到白茫镇的时候,天还没亮,但小镇已经热闹起来了。渔民们划着小船来到了镇上;女人在河边剖开河蚌,空气里到处是冰冷的腥味;男人们穿着皮裤子,嘴上叼一根烟,手插在上衣口袋里,烟明明灭灭,像一双昏昏欲睡的眼睛。乡下的菜农也早早赶来了,柴油机发出突突突的声音,冒出乌黑的烟。河面的上雾气浓密,河埠边漂浮着菜边皮。

他在巴掌大般的镇上转悠了一圈。他很走运,在老邱店门口,还捡到了1元钱。那1元钱在烂泥里,被踩得不成样子了。但是刘小海发现了,也许,大街上只有他一个人是低着头走路的。他弯腰的动作,像是张开的弓,手则像是迅速射出去的箭。他把捡到的钱,紧紧地攥在手里。他以前从来没有捡到过钱,心里甜滋滋的。

街东有几个卖衣服的摊位。这会儿,只开了一家,摊主正蹲着吃一碗面条。碗跟他的脸差不多大,喝汤的时候,就看不见他的脸了,只听到呼噜噜、呼噜噜的声音,像猪发出的声音。这声音让刘小海想起自己还没有吃早餐,他的肚子发出的声音,像一只青蛙在叫。一直以来,他给自己定了一个规矩,如果哪天不上工,他一天就只吃一顿,其他的时间就用来睡觉。对于他来说,花钱就像割自己的肉一样。

刘小海在一件黑夹克面前停了下来,用手摸了一下,又赶紧把手收了回去。他的脸灼热起来,仿佛所有的目光都在盯着他,嘲笑他,其实根本就没有人看他。他觉得自己像个小丑,很不自在。只要感觉有人看着他,他就会感到紧张,走路的时候,腿会不由自主地打战。

他低着头问:"请……问……你这件衣服多少钱?"他把"请"字拉得很长。摊主看也没看他,撇了撇油腻腻的嘴说:"二十八。"他犹豫了。过了好大一会儿,摊主以为他已经走了,他才吞吞吐吐地说:"少……一……点,行吗?"他说话时一直低着头,好像别人的眼睛会吃人似的。他的手一会放在口袋里,一会儿摸一下鼻子,很不自在。摊主看也没看他,说:"二十五,一分也不能少了。"他还在犹豫,但是不知为什么,已经掏出了钱。

他交完钱,走出去几步,又回到了摊位前。摊主说:"还要买点什么?"他咽了咽口水说:"请……问,这件衣服有没有暗袋?"摊主慢吞吞地,半天挤出一个"有"字。

买完衣服,他去了理发店,他知道南街与北街交会处,有一家歪肩膀开的理发店,那是小镇最便宜的。他朝理发店走去。理发店里面空空荡荡,不见一个人影,炉子上开水咝咝地响着,炉盖在跳舞。他站在门口,不知道是该等,还是该走。如果等的话,车可能赶不上了;如果走的话,其他地方可能没有比这里更便宜的理发店了。他在门口轻轻叫了一声:"理发。"声音像一只懒洋洋的猫,立刻躲到了门背后。没有人应。过了一会,他又叫了一声,这次的声音比上次更低了,好像理发店是灵堂似的。还是没有人应。正当他转身要走,歪肩膀从里屋走了出来。刘小海坐下来,歪肩膀一边理发,一边打着呵欠。他闻到了自己头发里散发出来的异味,又从镜子里看到了歪肩膀一脸嫌弃的表情。

这是一个深冬的早晨,雾还没有散去。刘小海向车站走去。他感觉头上格外地凉,像是结了一层冰壳。车站很空,但他却蹲在了门口。去县里的车不是很多,他差不多等了一个小时车才来。在等车的时间里,他总是下意识地摸一摸自己的暗袋,在别人看来,他好像是在挠痒痒。

一上车,他就睡着了。到了县城,售票员推醒了他,他睁开眼,看到车厢里早已经空了。他迷迷糊糊地问:"到了?"售票员说:"快下车。"他又问:"今天有没有车去杭州?"售票员不耐烦地说:"一天只有一班,要等明天早上6点了。"刘小海若有所失地下了车。外面风很大,吹在空空的铁管上,发出呜呜呜的尖叫声,他禁不住打了一个喷嚏。

走出了车站,他看到一个女人拿着一个木牌,木牌上写着"住宿"两个大字。刘小海从她身边走过时,她当作没有看见,连眼皮都没抬一下。刘小海站住了,咳嗽了一下。那女人回过头,打量了她一下,又转过头去。刘小海说:"你那里多少钱一夜?"女人回过头问:"你是在跟我说话吗?"刘小海点了点头。女人站在他下风口处,闻到了他嘴里发出的叶子烟的味道,皱着眉头说:"有贵的,也有便宜的。"刘小海说:"最贵的是多少钱一夜?最便宜的又是多少钱一夜?"女人说:"最贵的100块,最便宜的10块。"她一说出口,刘小海就感觉她从自己身上剜了一块肉,他动了动嘴唇,什么话也没说。女人似乎早就猜到了他的反应，转过身去，朝地上吐了一口痰。不知道过了多久，刘小海说："我要住一夜。"这让女人有些吃惊，因为，一般来说，像他这样的人绝对舍不得住旅馆的，他们一般都窝在汽车站的候车室里。她说："跟我走。"刘小海也搞不明白自己为什么要去住旅馆，他越走越觉得后悔。

转过一道又一道的巷弄，刘小海感觉自己的头有点晕乎乎的了，便问："还要走多远？"女人说："快了，快了。"巷弄里没有其他人。刘小海跟在女人的后面，看着她纤长的背影，居然有了一些冲动，想冲上去一把抱住她。不过，最后还是忍住了。远远地，刘小海看到一个招牌，上面写着"仙客来旅馆"。他心里很高兴，因为他真的觉得自己是个仙客。门口挂着军绿色的布帘子。掀开帘子，刘小海看到屋子里的一切。一个穿着紫色丝绸棉袄的中年女人，把脚搁在铜炉上打瞌睡。一边的煤炉上，正在炖着排骨，香味直往他鼻子里钻，刘小海忍不住咽了咽口水。中年的女人问他："要一间什么样的房？"刘小海说："10块的。"中年女人说："住几夜？"刘小海说："一夜。"中年女人说："先交50块押金。"刘小海说："不是10块一夜吗？"中年女人不耐烦地说：

"多出来的40块是押金,退房的时候,会还给你的。"刘小海像做错了事情一样,脸唰地变得通红。他交了钱,带他来的那个女人就出去了,他最后看了一眼她纤长的背影,感到一丝莫名的惆怅。

老板娘拎着一壶热水,拿着钥匙,领着刘小海到房间去。走廊是木头的,很长很长,人一经过,尘土便升腾起来。走到尽头,老板娘终于站住了,给他打开门。门一打开,就散发出一股霉味。老板娘指了指前方说:"厕所就在那个拐角处。"刘小海什么话也没说,迅速地掩上门。一直到天色发灰,他才出了旅馆,带了四个馒头回来,其中两个是晚餐,两个是明天的午餐。吃完晚餐,天已经彻底黑了。他透过窗户,看了看楼下,路上一个行人也没有。晚上睡觉的时候,他一直捂着自己的暗袋,但还是睡不着,总觉得外面有动静。最后,他选择像青蛙一样趴在床上,心里才踏实了许多。

第二天一早,他坐上了去杭州的车。车厢里不是很挤,很多人占了两个位置,他们像县太爷似的叉开腿,闭着眼睛,朝着窗外,显然谁也不希望他坐在身边。他闻到了自己身上的味道,里面有汗酸味和劣质烟草的味道。他的脸又开始没出息地红了,好像自己真的做错了什么事一样。最难堪的是,就在这时,他还放了一个屁,屁很响,车厢里所有的人都听到了。他不敢坐下来了,因为连他自己也不确定,他还要不要继续放屁。售票员扯着大嗓门喊:"有位置你不坐,有病啊!"他只好往车厢后面走,摇摇晃晃地走到最后一排。

他的旁边坐着一男一女:女人很胖,像个面团;男人很瘦,像个竹竿。令人费解的是,他们俩的鼻翼上都有一颗痣,女的长在左边,男人长在右边。乍一看,像趴在上面的一对黑蜘蛛。

车开始在乡间公路上行驶起来,坑坑洼洼的公路使汽车像摇篮一样晃动。胖女人的手放在男人的裤裆里——这是他用余光看到的,他不敢正视他们。

开始买票了,他把手伸进暗袋,摸了半天,缓缓地抽出一张百元大钞,像抽出自己的宝剑一样,向售票员的手掌劈去。他看都不看售票员一眼。售票员一遍遍地摸着钱,像摸女孩子的小手那样。她揉了揉,听听纸张的声音,又对着微弱的光线照着水印。车厢里非常寂静。终于,售票员斩钉截铁地说:"钱是假的。"刘小海似乎没有听见,直到售票员把钱伸到他的手里,他才知道发生了什么事。他无奈地伸出手去,攥紧着那张百元大钞,像抱着自己死去的孩子一样悲伤,一言不发。

天色似乎比先前又灰暗了一些。

车子上有人说:"听说今天要下雪。"

另一个说:"已经好几年没下雪了。"

车不停地摇晃,胖女人倒在男人身上,打起了鼾。胖女人的鼾声搅得刘小海心烦,于是他从兜里摸出烟叶,开始抽了起来。这烟发出强烈的烟草味,将胖女人呛醒了。胖女人朝他翻白眼。刘小海不想理她,心想:你能打鼾,我为什么就不能抽烟?他故意发出吧嗒吧嗒的声音。胖女人实在受不了,就和她男人挪到前面的座位上去了。刘小海有一种胜利的感觉。

他把手伸展出去。摸到了一个东西,软绵绵的,用余光打量一下,居然是一个鼓鼓的钱包。在确定四周没有人注意他的时候,他将钱包一点点移过来,塞进自己的口袋。

他还清楚地记得,三年里,家里只给他寄了一次钱。钱是夹在信封里寄来的,是一张很旧的5元钱,中间被扯断过,用透明胶粘上了。右上角不知道谁用圆珠笔写了一句话:"好人一生平安。"他很喜欢这句话,一直把它当成口头禅。

《 没有人知道

女人又打起了鼾。刘小海摸了摸自己的暗袋,想起了死在采石场的同伴。那块大石头落下来时候,监工叫他们快躲开,他没有听见,所以就没有动。他的同伴听到了,拼了命地跑,一跑正好跑到了石头下面,被砸成了肉酱。

刘小海也想睡一会,可是怎么也睡不着。车走走停停,有人上,有人下,没有人坐到他旁边来。刘小海希望那个女人能早一点下车,可是她还在发出响亮的鼾声。

刘小海这次回家,并没有给家里写信,他想给家里一个惊喜。他想着自己提着大包小包走进村子的时候,屁股后面肯定跟了一群小孩,而母亲一定还坐在屋子里给妹妹绣嫁衣。她的眼睛不好,要走到她跟前她才会看清楚。看到他回来,她一定会激动得直掉眼泪。又能喝到清洌芳香的苞谷酒了,又能吃到小米粑粑了,又能尝到折耳根炒腊肉了,又能围着火塘烤土豆了……想着想着,他的嘴角露出甜甜的笑意,仿佛自己已经回到了家,推开虚掩的门,看到了熟悉的一切。

车开得很慢,咣当咣当,像破铁桶发出的声音。

天空很低,阴沉沉的,真像是要下雪的样子。

车子到了一个小镇停住了,刘小海清清楚楚地记得那个叫马沿的小镇，车站在农机厂的旁边，厂里传来铁床的声音和铁器咸腥的气味。胖女人被她的男人推醒，下了车。车开了，他心里的大石头一下子落了下来，撸起袖子，看了看手表，时间是十点一刻。手表是同伴的。同伴死后，他一直戴着。

他下意识摸了摸那个钱包，鼓鼓的，不知道里面有多少钱，说不定比他三年来挣的钱还要多。他决定到杭州好好地吃一顿，再到集市上转转，给父亲买几包香烟，给母亲买上几米布，再给妹妹买一盒化妆品……

他开始仔细打量起车厢里的一切，座位皮套上有人用圆珠笔写下了自己的名字，还有用小刀划破的口子，里面的海绵被掏了出来。地上有一张报纸，报纸上有油迹和脚印。他将它捡了起来，吹了吹上面的灰尘，兴致盎然地读了起来。

车开得很慢，天色比先前又阴沉了许多。灰棉絮般的乌云，仿佛就贴在窗口。河流里有薄薄的冰，一切都死气沉沉的。这样的天气，更像一个葬礼。树木都是光秃秃的，枝丫里穿过刀子般的风。车厢里相对温暖，加上不停地摇晃，刘小海睡着了。他睡得很香，像一个烤熟的地瓜。

不知道睡了多久，车突然停住了，是一个前不着村后不着店的地方。刘小海没有在意，选择一种更舒服的方式，继续睡……车门打开了，上来两个男人，一个男人上了车跟售票员说了几句话，售票员好像不太高兴。这时一个女人像点燃的爆竹一样蹿了上来，她正是那个坐在刘小海旁边的胖女人。她要驾驶员把车开到派出所去，说有人偷了她的钱包，要挨个搜身。

车厢里已经闹成了一片。刘小海依旧迷迷糊糊。胖女人指着刘小海说："一定是他。"刘小海的眼睛刚刚睁开，已经有两个男人，将他死死地扣住。女人二话没说就开始搜身。

她很快就搜到了她的钱包，然后狠狠地抽了刘小海一个巴掌。她说："老娘一看你就不是好东西。"刘小海一句话也说不出来，也许是太突然了，他还不知道到底发生了什么事。

那个男人揪着刘小海的头发，往车厢外面拖。车厢里面，所有的人都在欢呼，一个老头嘴上冒着唾沫星子激动地说："剁掉他的手指，剁掉他的手指！"刘小海经过他身边的时候，他狠狠地扇了刘小海一个耳光，想扇第二个的时候，刘小海已经到了车门口了。要下车时，刘小海用手死死地扒着门沿，胖女人在他屁股上踹了一脚，刘小海像冬瓜一样滚了下去，女人的高跟鞋也飞了出去。

车又开动了，好心人把刘小海的行李从车厢里扔了出来。刘小海躺在12月冰凉的大地上，他的手一直护着暗袋。接着，是一阵拳打脚踢。刘小海晕过去后，他们才开始撤退。胖女人走在男人们的后面，边走，边从鼓鼓的皮夹里取出糙纸，擦着鼻涕。

年纪轻一点的男人说："姐，你这个主意可真是绝了，做一次得手一次，这已经是第五个了。"

胖女人说："是第六个。"

另一个男人说："对，第六个。"

胖女人问："几点了？"

年纪轻一点的男人说："快到吃饭时间了。"

胖女人说："我问你几点了？"

年纪轻一点的男人说："11点。"

胖女人说："再过几天就要过年了，下午得抓紧时间再干一票。"

天开始下起雪来。快要过年了，空气里到处弥漫着吉祥的气味……天黑以后，和雪而卧的村庄格外安详，大家都躲在暖融融的屋子里，橘黄色的灯光透过窗户照在雪地上，像一块块鸡蛋糕。

　　第二天，有人在雪地里发现刘小海的尸体。在他的身上，公安人员只找到了一本破破烂烂的通信录。通信录在水里浸过，上面的字迹已经有些模糊。第一页，"刘小海"三个字有点潦草。最后一页写着"好人一生平安"，这几个字，写得工工整整。

▼▼ 角落头

1

因为一只猴子,杨老六"复活"了。

事情要从一个冬日的黄昏说起。那天,他打完猎,两手空空地回家。暮色渐浓,寒气逼人,树林里的一阵响动,让他停下了脚步。

林间光线很暗,他看不清那是什么东西,只听到那东西从一根树枝跳到另一根树枝上,经验告诉他,这应该是一只小型的猎物。他来不及多想,飞快地开了一枪,猎物应声落下。

上前一看,他立刻后悔起来,躺在地上的是一只猴子,子弹打中了它的左腿。猴子一脸无助,睁大眼睛看着他,好像是在求饶。他犹豫了一下,把它抱了起来。猴子竟然没有反抗,温顺地靠在他肩上。

他抱着猴子,踩着铺满落叶的山路,往家里走去,血染红了他的衣裳。突然，他感到左臂传来一阵尖锐的疼痛，那只猴子居然咬了他一口。他想要发火，但看到猴子那清澈、无辜又有些滑稽的眼神，心里很快生出一种久违的暖意，他竟感觉像被自己的孙子咬了一口。

在山里跑了一天，他已经饿得前胸贴后背了，但还是决定先去找赤脚医生张大康。他没有直接去医生家，而是先去了顺海家——顺海是他在村子里唯一的朋友。

到顺海家的时候，天已经黑透。顺海正准备洗脚睡觉，看到他鲜血淋淋的样子，吓了一跳，一脸紧张地说："老六，你怎么啦？"

"别紧张，这不是我的血，是它的。"

顺海说："你不是不打猴子吗？"

杨老六说："树林里太黑了，我没看清楚。"他顿了顿又说："我想让张大康给它止一下血，你能不能带我去？"

顺海二话没说，带着杨老六来到了张大康家。

走到门口时，杨老六突然站住了。

"怎么啦？"

"你带它进去，我在门口等着。"

屋里子已经熄了灯。

顺海喊了好几遍，屋里终于传来一个女人睡意蒙眬的声音："谁在外面？"

"阿嫂，是我，顺海啊！"

"有事吗？"

"看病咧。"

"太晚了，明天早上来吧。"

杨老六摸了一下猴子的伤口，血还没有止住。他对顺海说："到明天，它的血就流完了。"说完，就开始拍张大康家的门，拍门的声音很大，半个村子都能听到。狗吠的声音此起彼伏。

过了很久，张大康的女人才来开门。

过了一会儿，张大康也从里屋出来了。

他看到是杨老六，立刻皱起眉头，不耐烦地说："你哪里不舒服？"

杨老六指了指猴子说："不是我，是它。"

"猴子？！它的病我可看不了。"

杨老六说："张医生你帮帮忙吧，帮它止一下血就好。"

张大康火了，他说："你既然懂那么多，那你自己帮它看就好了。"

杨老六一个劲地说:"帮帮忙,帮帮忙吧!"

张大康阴沉着脸,一句话也不说。

杨老六没办法了,一咬牙说:"改天我给你打一只野鸡来。"

"我又不是兽医!"

"我给你打两只。"

这时,张大康女人的死鱼眼睛开始发光了,可张大康还是不松口。

杨老六一狠心说:"五只,五只总行了吧?"

张大康这才慢吞吞地说:"看在顺海的面子上,我就帮你这一回,不过,这事可不能跟别人讲。"

2

村子里的人,大多姓张,只有一个人例外,这个人就是杨老六。杨老六是个猎人,不过,他算不上是合格的猎人,因为,他从来都没打到过大家伙。他以前也有过女人,后来跟一个算命的盲人跑了。他也有过儿子,14岁那年,儿子也突然消失了。在村民眼中,他几乎就是倒霉的代名词,谁跟他走得近,谁就会跟着倒霉。

多少年来,杨老六的形象似乎从来就没有变过,他瞎了一只眼睛,据说是让山雀啄瞎的。他身上有股难闻的气味,像一块发臭的猪肉。在大家的印象中,他只有一套衣服——蓝色的中山装、军绿色的裤子。他的中山装已经磨损得发黄了,黏糊糊的,几乎要生出青苔了。他的头发也很有趣,像盖在头上的一只碗。据说,这头发是他自己剪的,剪的时候,把吃饭的碗盖在头上,然后用剪刀沿着碗沿剪平。剪刀生锈了,不听使唤,头发就像有缺口的碗了。

杨老六的家,在村子的最后面。从前村过来,需要翻过一座山岗。山岗被一片浓密的树林覆盖,林间有一条道路,因为走的人少,一年比一年窄了。现在,道路全被荒草占领了,夏天的时候,草长得很高,人在中间走,只看到一个移动的黑点。

他的屋子又小又矮,青瓦上覆盖着青苔。他家的后门口,就是张家的墓地,墓碑上也长满了青苔。每天天色暗下来的时候,那里总是飘出阴冷的气息。如果去那里,手一定要放在口袋里,要不然总会觉得有人在挠着掌心。

回到家,杨老六立刻生起火,在火塘上烤起了土豆和玉米。火生起来之后,屋子里开始有了暖意。他怕猴子跑掉,便找了根绳子,将它拴在木柱上。玉米熟了,他掰下几颗,递到猴子的嘴边。猴子不领他的情,将脸别到了一边。

杨老六不再理它,填饱肚子后,就上床睡觉了,棉絮很薄,比一张纸厚不了多少,不过,他已经习惯了。半夜里,他听到了轻微的呻吟声,点上煤油灯一看,那只猴子在角落里缩成了一团,正在瑟瑟发抖,他便把它抱到了自己的被窝里。它很怕冷,紧紧抱着杨老六的小腿,又将一根手指含在嘴里……杨老六心头一暖,想起了自己的儿子。

第二天一早,他就听到外面有声音,打开门一看,是村里的三个孩子,胖乎乎的,嘴里呼着热气,像三个肉包子。杨老六很高兴,因为,他这里已经很多年没有外人来过了。

个子最高的那个孩子老气横秋地说:"杨老六,你的猴子呢?"

杨老六说:"没有。"

那孩子说:"你骗人。"

另一个小孩急得鼻涕都流了下来,他说:"快把猴子交出来,我们饶你不死。"

杨老六笑着说:"我真没有。"

个子最小的那个很机灵,他从杨老六的裤裆下钻进了屋子。他揭开了被窝,睡得正香的猴子受到了惊吓,在床上撒了一泡尿。

个子最高的那个孩子说:"杨老六,你为什么要骗人?"

杨老六笑而不答,孩子们的到来使屋子里热闹起来。

孩子们围着猴子,给它吃的东西,有花生、有奶糖,还有干鱼,猴子拿了这个小孩的东西,吃上一口便扔在地上,又从另一个孩子那里取了来吃。不知不觉,就到了午饭时间。

个子最高的孩子说:"我们回去吧!"

最小的那个孩子说:"不,我,我不回去。"说完把鼻涕当面条吃了。

杨老六说:"都回去吧,吃完饭再来。要不,大人们下次就不让你们再来了。"

他们觉得有道理,这才依依不舍地离开。

从那以后,来的孩子越来越多,偶尔也会有大人来,看到这猴子,他们就很开心。猴子很听话,它会自己剥花生壳。只要杨老六咳嗽一声,它就会把手伸过来,摊开,让杨老六吃它掌心的花生仁。不过,它也喜欢偷嘴,只要杨老六不注意,它就会从碗里拈一块菜放在嘴里;如果被杨老六看到了,它就会捂着嘴。有一天,杨老六终于放开了猴子,它也不乱跑。杨老六去村子里的时候,猴子跟在他身后,杨老六走路一瘸一拐,猴子走路也一瘸一拐,像是故意在学他一样。杨老六从村子里经过的时候,屁股后面跟着很多孩子,有些孩子也学他的样子一瘸一拐地走路。大人们也放下手里的活计从屋子里出来,每个人的脸上带着笑容。杨老六心里乐滋滋的。大家还给猴子取了个名字,叫杨小六。

一天早上,杨老六起床,走到门口,裤子却掉了下来,伸手一摸,上面的扣子全掉了。他喊杨小六,却不见它的影子,只听到细细的奸笑声。他在屋子后面的空地上找到了杨小六,它把裤腰带系在自己的腰上,而扣子则在空地上排成了一排。

说来也怪,自从有了杨小六,杨老六的运气也慢慢好起来了。他打到的猎物越来越多。因为每次,杨小六都在前面开路,它会带他去一些别人从未到过的地方。有一天,他打到了一只四十多斤野山羊。这可是杨老六打到的最大的猎物了。正好第二天又是赶场,他便扛着羊赶了一夜的路,来到了镇上。那只羊居然卖了100多块钱。他开心地哼起了小曲,猴子则跟在他后面。他们来到了一家小馆子,准备好好吃一顿。他点了水煮肉片、炒粉肠和怪味花生。杨小六坐在他对面,不吃肉,只吃花生。杨老六要了半斤烧酒,正要喝,杨小六抢过去,喝了一口,辣得直吐舌头,把杯子都甩丢了。

3

一天黄昏,太阳落到草丛里去了。杨老六正准备做晚饭,有一个六七岁的孩子冲进了屋子。

"杨老六!去吃饭!"他一进门就喊。

杨老六以为自己听错了,愣了好一会儿,笑着问:"去哪儿吃?"

"我家。"

孩子说完,便一溜烟跑掉了。

杨老六想了好一会儿,才想起他是村主任的孙子。他觉得那孩子肯定是在开玩笑,村主任怎么可能请他去吃饭呢?!

天快黑的时候,村主任的儿子来了。

"老杨在家吗?"他在门口喊。

那会儿,杨老六正在林子里解手。听到有人喊,他一边系着裤腰带,一边跑出来,见是村主任的儿子,竟然紧张起来。

"在,在这儿呢。"

"我爸叫你去吃饭。"

"你们干吗总拿我开玩笑?"

"是我爸让我来叫你的,菜都准备好了。"

"可是,村主任他为什么叫我去吃饭?"

"有事跟你商量。"

"他,他有什么事跟我商量啊?"

"你去了不就知道了?"

"那……那你先去,我一会就来。"

村主任的儿子走后,杨老六想,去村主任家还是得收拾一下,无论如何总得洗把脸吧,免得他们觉得自己带了什么鬼脸。洗完脸,他又想,无论如何总得刮一下胡子吧,于是他从角落里翻出一面破镜子、一把镰刀,将镰刀在热水里泡一下,磨了磨,便开始刮脸了。刮完脸,他想:还要干什么呢?哦,对了,手也得洗一下,要不伸出来像乌龟爪子一样。做完这一切,他高高兴兴地往村子里走去。杨小六一会儿跳到他肩上,一会儿跑在他前面的树枝上。

进了村,他又想起一件事,得买包烟,买包好烟。他拐到了顺海家。

顺海看到他的样子,吃了一惊,逗他说:"你要去相亲吗?"

杨老六嘿嘿一笑说:"村主任叫我去吃饭。"

顺海更加吃惊了,一脸疑惑地说:"他叫你去吃饭?"说话时,"他"和"你"这两个字音调喊得特别高。

杨老六摇了摇头说:"我也觉得奇怪。"

"我觉得没什么好事。"

"给我包烟。"

顺海给他拿了一包他平时抽的"草海牌"香烟。

他说:"给我换包好的。"

顺海便拿了一包"黄果树"给他,然后拿出一个皱巴巴的本子,记上账。

一进村主任家的门,他就看到满满的一桌菜,香气直往鼻子里钻。杨老六不敢开腔,怕一开腔,口水就会像喷泉一样喷出来。

村主任一脸客气地说:"老六来啦?"

村子的热情,让杨老六有些不知所措。

村主任说:"坐吧!"

杨老六不敢坐。

村主任说:"快坐快坐。"

杨老六说:"还有人呢?"

村主任说:"今天就我们老哥儿俩。"

杨老六不知道怎么接话,只是一个劲赔着笑。他正要给村主任派烟,村主任已经把烟递过来了。他有些不好意思地接过来,这时,火柴已经划亮了,送到他跟前。他正要凑上去,村主任说:"你的烟拿反了。"

杨小六跑过来,村主任也派了一支给杨小六,它把烟叼在嘴里,等着村主任给它点。

村主任不停地往杨老六碗里夹菜。

村主任越客气,杨老六越觉得心虚,他开始发抖,起先只是腿,后来抖动传到了上身。

村主任说:"你怎么啦?"

杨老六说:"有点冷。"

村主任叫孙子把门关上。

杨老六还在发抖。

村主任说:"还冷吗?"

杨老六搓着手。

村主任叫孙子拿件衣服给杨老六披上。

杨老六说:"村主任,你今天找我来有什么事?"

村主任说:"没事,没事。"

杨老六说:"真没事?"

村主任说:"其实就是一点小事。"说完,他顿了顿,看着杨小六,又说:"你开个价吧?"

杨老六感觉他心里被针挑了一下,他装起了糊涂,对村主任说:"我……我……我不明白你的意思。"

"这猴子,我要了,你出个价。"

杨老六没有接话。

村主任举起一个手指说:"怎么样?"

杨老六无力地摇了摇头。

"你的心不要太黑了,再加十块,这样总行了吧?"

杨老六笑得像个孙子,还是不说话。

村主任说:"你连自己都养不活,还养猴子,不是没事找事做嘛!"

杨老六一边点头一边说:"是,是,是。"

村子笑着说:"吃菜,吃菜。"

杨老六便夹了一块红烧肉。

村主任又说:"喝酒,喝酒。"

村主任抿了一口。

杨老六一口把酒喝完了。

村主任又给他满上。

村主任说:"你还有什么条件,尽管说。"

杨老六原本想说"这猴子我不卖",但不知道怎么搞的,话到了嘴边,却变成了"我没有条件"。

说完,他又干了一杯酒,他的脸就像杨小六的屁股一样红了。

他说:"村主任,谢谢你请我喝酒,谢谢你把我当人看。这猴子我就放你家了。"说着,跌跌撞撞地出了门。

村主任说:"老六,别忙着走,我拿钱给你。"

杨老六却头也不回地钻到黑暗里去了。

回到家,打开门,屋子里冷冷清清的,他摸着黑点上灯,开始闷闷不乐地抽烟。他感觉心里空得发慌,像是谁把他的心脏掏走了。他一头扎到被窝里,睡起觉来。这时,他听到床底下一阵响动,低头一看,杨小六早就回来了。

4

莫名其妙的事情越来越多。有一天,居然有一个媒婆来到了他家。媒婆姓黄,是隔壁村的,一见到杨老六,她就笑得像一朵花。她一笑,杨老六就觉得心里发慌。媒婆却只是笑,不说话。

杨老六说:"黄老太婆,你笑什么呀?"

黄老太婆说:"你今天早上听到喜鹊叫了吗?"

杨老六摇了摇头。

"你昨天晚上左眼皮跳了没有?"

杨老六又摇了摇头。

黄老太婆有些神秘地说:"你知不知道,你就要做新官人了。"

杨老六苦笑了一下:"新官人?我?你别开玩笑啦,我的身子大半截都在黄土里啦!"

黄老太婆说:"哎哟喂,你得了便宜还卖乖了,要不是有人托我来,你说我自己会跑过来吗?"

杨老六觉得她越说越像真的了,但他还是不敢相信,便说:"你们就别拿我开玩笑了。"

"不跟你扯这么多了,我们闲话少说,你到底愿不愿意?"

"她到底是谁啊?"

黄老太婆拍一下自己的头说:"哎呀,你看,你看我这记性,我怎么就忘了跟你说女方是谁呢?"

杨老六盯着她那张薄得像糖衣一样的嘴唇,咧开嘴憨笑着。

"是福宝的娘,一儿一女都在县城,家里只有她一个人。"

"我好像不认识!"

"你不认识她,可她认识你啊!"

她这么一说,杨老六就有点飘飘然了。

"你今年多大啦?"

"我不知道,大概有60了吧。"

"那正好,福宝的娘,也才63岁。"黄老太婆顿了顿说,"你现在就跟我去看看。"

"我就不去看了,你们定个日子,把人带过来就行了。"

"那不成,这以后万一有什么事,你还不得埋怨死我啊?"

"人家看得上我,我还有什么挑的?"

"这个月28号就把事办了,你觉得如何?"

"是不是急了点?"

"免得夜长梦多嘛。不过呢,到时候,不是她上你家来,而是你上她家去。以后,你就是镇上的人了。"

听到这里,杨老六有些犹豫了。

"你变卦啦?"

"没,没这么回事。"

"那这事就说定了,我赶紧去那边回一声。"

出了门,黄老太婆又想起了什么,回过头说:"有一句话,我可要说在前头:你们的事办得隆不隆重、光不光彩,这我不管,但给媒人的猪腿,这可得按规矩给我。"

杨老六说:"不就是猪腿嘛,我给你两只。"

黄老太婆这才扭着她的蜜蜂腰,往村子里走去。

这事情实在是太突然了,杨老六越想越不对劲,便去找顺海。顺海一听说,他要娶的是福宝的娘,立刻捧着肚皮笑起来了。

"你笑什么呀?"

"你不知道吗?福宝的娘是个疯婆子。"

杨老六吃了一惊,他说:"没人告诉我啊。那,那不行,我得去退婚。"可刚走到门口,他又站住了,轻声嘀咕了一句:"这疯婆子,也总有不疯的时候嘛!"

回到家,他发现杨小六居然不见了,就好像从未出现一样。他漫山遍野地去找,一连找了3天,仍然一无所获。

28日那天早上,他在家里等着黄老太婆的到来。可是,一直到傍晚都没见动静。天都黑透了,他还没有等到。夜深人静,山里无限寂静,他还是没有听到脚步声。

杨小六是一个多月后回来的,它推开门,就在杨老六的被窝里睡了起来。杨老六打猎回来看到杨小六,高兴得说不出话来。从那天开始,杨老六特别留意杨小六的一举一动,害怕它再次跑掉。

5

一晃就到了夏天,那天下午,杨老六在屋后的山上砍柴,他的眼皮一直在跳。沉闷的雷声,从山这边滚到山那边。片刻的静寂之后,雨终于下了,下得很大,像是一泡憋得很长的尿。雨打在身上,像鞭子在抽打。山谷上方,风吹着白花花的雨丝飘来飘去,像是荡秋千一样。

直到浑身湿透了,他才很不情愿地回家,他坐在门槛上,拧着湿衣服。这时,他听到杨小六的叫声,声音从树枝上传来,与往日有些不同。杨老六心里一紧,心想:不好,今天可能要出事了。

"快下来。"

杨小六一动也不动。

"快下来。"杨老六又喊。

它还是不动。

"你下不下来?"

它还是不动。

"你给老子下来!"

杨老六真的生气了,杨小六从来没有这么不听话过。他用小石子扔杨小六,它跳到另一根树枝上。突然,它掉过头,用屁股对着杨老六,准备往丛林深处跑去。那一瞬间,杨老六又一次听到了村里人的嘲笑声,他气得牙齿打战,感到自己脑袋里装满了火药。他想从门背后拿根棍子出来好好地揍杨小六一顿,慌乱中居然摸到了猎枪。

他被气糊涂了,追了上去,砰地开了一枪,树叶像鸟一样飞起来。一声惨叫之后,杨小六从树枝上掉了下来。子弹打中了它的心脏。它还在挣扎。杨老六走到它的跟前,闭着眼睛,又开了一枪。杨小六的手伸向空中,慢慢没有了声息。杨老六一屁股坐在地上,任凭雨浇在身上……杨小六的眼睛还是那么无辜地睁着,在雨水的溅打下,显得更加温顺、明亮、纯净。

6

那一年冬天,一个极其平常的早晨,村子里下起了第一场雪。他打开门,发现门外有两只猴子,一只小猴骑在一只母猴身上,它睁大眼睛看着杨老六。杨老六一下子全明白了,他像孩子一样大哭起来。

南风天

奶奶最后一次去她家的情形,我至今仍记得一清二楚。那是一年中最令人心烦的日子,从北方一路杀过来的寒流,到了这里,遭遇了埋伏,被太平洋上来的暖湿气流团团围住,进退两难。雾气从清晨一直弥留到夜晚,太阳半个月也不肯露一次脸,衣服干不透,总带着一股酸溜溜的味道,像用醋熏过一样。阳台的花盆里,偶尔还会长出一朵红蘑菇呢。

记得那天是星期六,吃过午饭,我抱着靠垫,像萝卜一样陷在沙发里看电视。奶奶在帮我洗碗,洗到一半,突然火急火燎地跑出来,手上抓着一把湿湿的筷子,好像煤气瓶快要爆炸一样。她说:"小欣,快,快,快给我找个红包。"

鞋柜上方的抽屉里塞满了花花绿绿的宣传纸,大多是房地产和美容院的广告。这些都是奶奶的宝贝,吃饭前,她会抽出一张,折成四方的小盒当骨碟。就在那里，我找到了一个红包，不过，它皱巴巴的，像被人揉过一样。

奶奶接过去，眉头立刻皱成两团赤黑的墨。我以为她嫌太旧，谁料她竟说："这，这也忒小了。"我被她逗乐了，嬉皮笑脸地说："凤姐，用大红包装5块钱，就像潘长江穿姚明的西装，你也不怕人笑话？"我奶奶大名陈家凤，开玩笑的时候，我总管她叫凤姐，她倒也不生气。她伸出干枯的手指，在我面前晃了晃说："要包3000块咧。"她的话让我吃惊不已，我不解地看着她说："你疯了？"她没理我，解下围裙，笑眯眯地从兜里掏出一沓钱，用手指蘸了蘸口水，不紧不慢地数起来。

这个极不寻常的举动激活了我的八卦之心，我把客厅翻了个遍，最后在一本过期的时尚杂志ELLE中找到一个大红包。我兴冲冲地把红包给她，她竟又叹起气来。"还太小？"我有些不耐烦。她瘪了瘪嘴说："这上面写的'恭喜发财'，要是'新婚快乐'就好了。"一听到"新婚"两个字，我就更八卦了，笑嘻嘻地问："谁结婚呀？就是我结婚你也不会封这么大的红包吧！"她没接我的话，自言自语道："就是替她去死，我也愿意。"说完，奶奶叹了口气，眼圈就像插上电的电热丝一样，开始慢慢变红。我知道她马上又要一把鼻涕一把泪了,赶紧像吓唬小孩一样吓唬她:"你要是再哭的话,等一下我就不陪你去了。"

这一招果然管用,她回到房间,从箱子最底下翻出一条紫色的绸棉袄,上面印着大朵大朵的牡丹花。那是她认为最漂亮的一件衣裳,平时舍不得穿,只有在春节的时候才会翻出来。我一走近,闻到一股浓烈的樟脑味,鼻子痒痒的,刚想说话,就开始打喷嚏,一连打了三个。我揉了揉鼻子说:"穿这么厚的衣服,你就不怕化掉?"她也不示弱,回了一句:"又不是冰棒,怎么会化掉呢?"我无奈地摇了摇头,蹲下来,帮她换鞋。

外面雾气很重,天地之间白茫茫的一片,就像一个澡堂子。马路对面的楼房像是被人偷偷拆掉了,一点痕迹都没留下。

她家在城北,我家在城南,坐地铁四十多分钟便可到达。可奶奶却不乐意,她从不坐地铁,说只有死人才在地底下穿来穿去;又说,万一要遇上地震,想跑都跑不掉。在这件事情上,她非常固执,我只好迁就她,这也意味着我们至少需要多花一倍的时间。

我有一个习惯，一上车就会睡觉，车子晃得越厉害，我睡得越沉。不仅如此，我还做了个梦，梦到了她。她去世九年来，我经常会梦到她。梦中总是阳光灿烂，她总是笑眯眯的，拉着我的手，给我买漂亮的公主裙，带我玩摩天轮，去吃哈密瓜味的冰激凌。她没有孩子，但特别喜欢孩子，尤其是我。每次分开时，她都有些不舍，总是拉着我的手，让我叫她一声妈妈。而这一次，却是下雨天，傍晚时分，天色很暗，恍如午夜。我走在一条陌生的街道上。风很大，卷起屋檐上的瓦片，重重地摔下来，声音大得吓人。在一条路的拐角处，我看到一个女人，一只脚穿了木头拖鞋，另一只脚光着，苍白如同大理石。她浑身都淋湿了，抱着手臂，头埋在胸前，像被人砍掉了一样。我很害怕，头皮发麻，跑了起来。就在这时，我听到背后传来一个凄惨的声音："为什么不来看我……为什么不来看我……为什么不来看我？"我听出是她的声音，一回头，她却不见了……我被吓出一身冷汗，醒了过来。我发现奶奶也睡着了，身子缩成一团，呼噜声惊天动地。

下车后，我们钻进了一条小巷弄，那里像猪肠子一样弯曲、湿滑，到处都是黑得发绿的污水，墙壁上贴满了老军医的广告，还有人用白粉笔写着一行大字："随地小便,没收工具!"刺鼻的气味一路尾随着我们,我只好捂住鼻子。巷子寂静而颓败,一个人都见不到,这让我产生了一种强烈的错觉——我们正朝一片荒凉的墓园走去。不知道走了多久,奶奶终于在一幢苍白的水泥房子前站住了。

我认出了那棵杧果树,它比先前更粗、更高。杧果树下,是一个斜着的铁皮小屋。黑乎乎的屋子里,摆着烟酒、糖果和饼干,柜台上蒙着一层灰。有一个胖女人在睡觉,她仰着头,嘴巴张得很大。店门口堆满了杂物,有剥了皮的电线,有一沓沓的废纸盒,还有排列得整整齐齐的塑料瓶……在这些杂物中间,放着一张果绿色的小方凳,看到它,我心里不禁一阵感动,像看到了多年未见的老友。九年过去了,这里的一切似乎都没有变化。

楼梯间很黑,一走进去,就像被人蒙住了双眼。楼道几乎被旧家具占满了,有的地方需要侧身才能通过。空气里弥漫着木头腐烂的味道。我扶着奶奶。突然,一个毛茸茸的东西嗖一下从我脚尖掠过,我吓坏了,尖叫起来,不敢再往前走。看到我大惊小怪的样子,奶奶说:"一只老鼠,就把你吓成这样,真没出息。"我回了一句:"你又不是不知道,我最怕的就是老鼠了。"

刚走到二楼，奶奶站在那里，像被人点了穴。我问她："你……不舒服吗？"她紧紧抓着我的手说："我们，我们，还是回去吧！"声音很轻，好像受了很大委屈似的。

在车上晃了那么久，到了门口，她却改变了主意。我的肺都快被她气炸了，但我还是像哄小孩一样问她："怎么了？你哪里不舒服？"她像做错了事情一样，低着头，紧咬着嘴唇，眼泪如断线珠子般滚下来，用最小的声音说："钱……钱被偷了。"

我在她的外套里找了一遍，又把裤子口袋都翻出来了，可是，里面只有半包纸巾、一张乘公交的老年人卡。我安慰她："是不是刚才忘记带出来了？"她一言不发，布满老年斑的两只手像罪犯一样低垂着头，在接受审问。我说："我身上有300块，行不行？"她摇了摇头。我咬了咬牙说："现在去银行取钱，总可以吧？"她没吭声。我下楼，她跟着下楼。我让她在楼下等，她不肯，执意要跟在我身后。

从银行取完钱往回走，太阳竟然蹦出来了。小卖店的胖女人还没醒来，暖融融的阳光照在她身上，像盖了条黄色的床单……

《没有人知道

我想起九年前的那个晚上，奶奶带着我来做最后的道别。奶奶佝偻着腰，一只手拿着手帕，一只手拄着拐杖，走几步，就要停下来，用手帕抹一下眼睛。我的心怦怦直跳，血管里像有一列火车，窜东窜西，完全失去了方向。到了楼下，只见她家灯火通明，但很安静，像是一家人出去散步忘记了关灯。我扶着奶奶上楼梯，奶奶的身体轻极了，像纸糊的一样。楼道里有一股花露水的味道，越往上走，味道越浓。我闻到被花露水掩盖着的死亡的味道，就像茂密的草丛中间躺着一条毒蛇。门虚掩着，像一张病恹恹的脸。我的小腿不由自主地颤抖起来，颤抖很快传遍了全身，我听到牙齿碰撞发出的清脆声响。奶奶推开门，光线刺痛了我的眼睛。就在这时，我听到无比痛苦的声音——类似于鸽子发出的咕咕声，那应该是从她喉咙里发出来的。我拔腿就往楼下跑。我不敢回头，总觉得有一只手要伸过来抓我的头发。小卖店的灯光让我感到安全，胖女人的笑容让我觉得温暖，我就坐在那张果绿色的方凳上，跟一条脏兮兮的土狗玩。夜色越来越沉，不知道过了多久，窗户里传出一阵撕心裂肺的哭声……

她家门上贴着一个烫金的囍字，上面挂满水珠，它们慢慢滑落下来，留下长长的尾巴，像一行行眼泪。我轻轻敲门，心仍怦怦直跳，好像她还弥留在屋里，还在发出痛苦的咕咕声。

等了好一会，没有人来开门。"不会出去了吧？"我随口说道。奶奶一听，着急了，忙用力拍打着门，边拍边喊："庆春！庆春！"声音很响，像是来讨债一样。又过一会儿，我听到屋子里发出哐当一声，可能是一只搪瓷杯掉在地上。

一阵踢踢踏踏的拖鞋声之后，门开了一条缝。站在我们面前的是一个秃了顶的男人，瘦高瘦高，穿了一套浅灰色保暖内衣，领子掀着，无精打采地耷拉着。我叫了一声"姑父"。这个词太久未讲，我觉得有些别扭。

见到我们，他一脸意外，愣了一下，结结巴巴地说："妈，怎么是你……你，你们怎么来了……怎么，怎么也不先打个电话？我，我好去楼下接你。""我买菜的时候，碰到你大姐，才知道的。"奶奶顿了顿，又埋怨道，"这么大的事，怎么也不通知我一声？！"他不知道怎么回答，像根旗杆一样，傻傻地竖在门口，一时竟忘记了请我们进屋。奶奶穿过他的腋窝，像穿山甲一样钻进了屋。姑父一脸歉意，让我们先坐一会儿，自己回卧室换衣服去了。

眼前的一切,已完全不是我记忆中的样子了。地上铺了仿古的瓷砖,木条窗换成了铝合金窗,小阳台上放了一张摇椅。我记得,那里原先堆满了杂物,角落里有一个木头的狗窝,小狗点点在她去世之后,也离家出走,再没回来。屋里的摆设也大不相同了:以前的餐桌是红漆的木桌,一条腿还绑了铅丝,现在换成了气派的大理石餐桌,上面摆着一只陶瓷花瓶,瓶子里,蓝色的满天星围绕着五朵淡黄色的百合花;以前的沙发,是从工厂里搬来的,包了一层绿色的绒布,像黑乎乎的苔藓,现在换成了酒红色的皮沙发,沙发上搁着几个豹纹的靠垫……空气里到处充满了喜气。只是,她的痕迹、她的气息,一丁点都找不到了。

几分钟后,姑父终于出来了,他换上了粉色的短袖和卡其色的西裤,显得精神了许多。

奶奶上下打量了一番说:"你别说,你这身打扮还真让我想起第一次见你的样子了。"

姑父说:"哪里,都老啦!"

奶奶抬起头,想了一会说:"那得有多少年了?"

姑父说:"快三十年了。"

奶奶叹了口气说:"是啊,时间过得真快,一晃她都走了九年了。"

我赶紧用胳膊肘轻轻碰了她一下,她回过神来,忙说:"不说这些了,不说了。你看,我真是老糊涂了。"她飞快地用衣角擦了擦自己的眼睛,轻声问:"你……一个人在家吗?"

姑父"嗯"了一声,声音很小,只是喉结轻轻颤动了一下。

奶奶顿时像是变了一个人,腰板挺得直直的,说话时,不知不觉就有了一种居高临下的味道。她站起身,像领导一样视察起来。她推开每一个房间的门,在里面转上几圈,好像在找什么人,又好像在找什么东西,一边看,一边还自言自语:"都是新的,多漂亮,多好看,什么东西都是新的好啊!"

主卧的床是新添置的,很大,差不多占去了半个房间。紫色的蚊帐层层叠叠,像欧洲宫廷里的样式,很长,垂在地上。被褥是浅紫色的,上面印了许多小碎花。双人枕头旁边,躺着一盒避孕套。

奶奶摸了摸床沿问:"这张床很贵吧?"

"不……不贵,一点都不贵。"

"要不要5000块?"

"我哪买得起这么贵的东西,5000块可以买3张了。"

她又用手按了按床垫,最后,竟然一屁股坐在了上面。她说:"太软了,对腰可不好!"

他笑着点头。

她又用指关节敲了敲梳妆镜,问:"这是实木的吧?"

"不是,哪里买得起实木呢!全是木屑压出来的。"

"最好还是买实木的,要不然这样的天气很容易发霉,别看它现在漂亮,一发了霉就难看了。"

我看到姑父一脸的尴尬,忙说:"又不是一楼,不会发霉的。"

奶奶没有接我的话,她正抬头看着梳妆镜上方的那面空墙,看了好一会儿。我也好奇地凑上前,墙上什么东西也没挂,只不过,有一个不规则的小窟窿,可能是钉子拔掉后留下的。天花板上挂着水珠,过一段时间就会往下掉一颗,有一滴正好滴到了奶奶的眼睛里,她开始揉起了眼睛。姑父站在她身后,不停地搓着手,显得很不自在。我终于想起来,那里原来是挂结婚照的。

奶奶对屋子里的一切都充满好奇。在主卧，她打开了衣橱，看了看挂在里面的衣服。衣服飘出一股浓烈的香水味，把她呛得直打喷嚏。在厨房，她打开折叠桌上的饭罩，看看他们中午吃了些什么菜。菜式很简单，芹菜炒肉丝、芙蓉蛋，还有一小碟五香豆腐干。最后，她在客厅的沙发上坐下来，一句话也不说。姑父坐立不安，满脸堆着肥皂泡一样的笑，说："妈，我……我给你泡茶。"奶奶点了点头。我看到她额头上全是汗，有一撮头发紧紧地贴在额角，像一只灰壁虎。我说："把外套脱了吧？"奶奶没理我。

煮水的时候，大家都没什么话说，气氛一下子变得沉闷起来，大家都看着那个不锈钢的电热水壶。我听到老式电冰箱发出刺耳的嗡嗡声，听到挂钟发出机械的咔咔声，听到风吹过时玻璃窗的抖动声。我想到她躺在床上的最后时刻，那些空空荡荡的下午，家里没有其他人，只有这些枯燥乏味的声音陪伴着她。在最后的时刻，她一定想见一见我，让我再叫她一次妈妈，可我却不敢靠近她。她如此疼我，我却对她如此残忍。我想到这里，鼻子不禁一酸。

幸好，水滚得很快，咕嘟咕嘟地响着。姑父不紧不慢地起身,从冰箱里取出一小包铁观音,从茶几上取了茶壶和三只青花小瓷杯,开始洗杯子。他先将杯子泡在滚水里,然后用大拇指和食指捏住杯沿,飞快地旋转着。茶泡在壶里,他还不停地用热水给壶洗淋浴。空气里开始弥漫淡淡的茶香。大概半分钟后,他开始倒茶,淡黄色的茶汤盛在内里雪白的瓷杯里,很好看。

他用两只手将茶捧给奶奶,奶奶接过来,眼睛却盯着他的手指。他右手戴着一枚金戒指,上面刻了一个"福"字,锃亮、闪烁、刺眼。他或许感觉到奶奶目光中的异样,把右手收回来,用左手盖住。

看到这一幕,我又想起她来,心里不禁一阵酸涩。她是奶奶唯一的女儿,一辈子都在吃苦,连一件像样的首饰都没有,最值钱的也只是一枚银戒指。奶奶不止一次跟我提起关于她的往事。姑父家的条件不好,她嫁给他之前,奶奶坚决反对,将她反锁在家里,但她性子很硬,以绝食相逼,整整四天,没吃一点东西。眼看着她只剩下最后一点微弱的呼吸,奶奶只好妥协了。婚后,他们的日子一直过得很清苦。工厂的效益本来就不好,后来,厂长又携款而逃了,工厂倒闭,两人同时失去了工作。姑父就在街边接零活,她则在家里给人缝补衣服。也就是在第二年冬天,她被查出患上了乳腺癌。家里太穷,没钱去大医院,她就找了一些中药的偏方来煲。那段时间,整个厨房都被熏黑了,苦涩的中药味,钻进了墙壁的缝隙里,久久不能散去。后来,病情越来越严重,姑父准备卖房送她去医院,但一切都晚了……

"明天准备摆多少围呢?"奶奶喝了口茶问。

"六围。"姑父顿了顿,低着头,补充道,"主要……是她那边的亲戚。"

"好像少了点。"

"我本来不想摆,可她非要摆。"

"还是摆吧,结婚是大事。"

"老了,无所谓了。"

"在哪里摆呢?"

"福满楼。"

"我去那里吃过饭,听说很贵,要多少钱一桌?"

"不贵。"

"要不要1500?"

"不用。"

"1000块总要吧?"

"差不多吧,我也不知道。"

"对了,你母亲今年有80了吧?"

"82了。"

奶奶"哦"了一声:"她明天会去吗?"

"她上个月不小心摔了一跤,把骨头摔断了,下不了床,住在我大姐家。"

奶奶叹了口气说:"她还是比我有福气啊!"她的语气中,竟生出一丝淡淡的嫉妒。

他们东一句西一句地聊着,奶奶好像什么都关心似的,而姑父的回答,总是点到为止,像外交官一样小心谨慎。

不知不觉,暮色从窗户里缓慢地爬了进来,隔壁传来炒菜的声音。姑父抬头看了一下钟,时间已近6点。他起身去开灯。灯光照亮的一瞬间,我心里咯噔了一下,这让我禁不住想起电影散场的时刻。奶奶或许和我有同样的感受,她脸上有一丝不易觉察的伤感与眷恋。姑父说:"要不,晚上就在这里吃饭吧?"奶奶忙说:"不用了。"她顿了顿,笑着说:"下次……下次吧!"

奶奶拿出红包,放在茶几上,轻轻拍了拍说:"这是我的一点心意,祝你们……新婚快乐。"姑父愣了一下,皱着眉头,好像很生气的样子说:"妈,你这是干什么？你的钱我无论如何都是不能收的。"奶奶笑眯眯地说："钱是少了点，你别嫌弃。"姑父拿起红包往奶奶的口袋里塞。奶奶板着脸说："庆春，你要是不收，我可就生气啦！"姑父的语气软下来，几乎是在恳求："妈，你的心意我领了，钱你还是快收起来吧！"

他俩正在推搡，有人敲门，声响很大，整个房子都在震颤，我头顶的水晶吊灯慌乱起来，发出叮叮当当的碰撞声。姑父跑去开门，一阵尖声尖气的咒骂声传进来："你耳朵聋啦？我在楼下叫了你半天，你怎么也不应一声？我的手都快拎断了。你就知道睡觉！"姑父媚笑着接过五六个沉甸甸的袋子，低声说："家里……来客人了。"女人进屋了。她长得五大三粗，脸绷得紧紧的，上面打了厚厚的粉底，白得吓人。姑父放好袋子，赶紧找了双拖鞋，递到她跟前。她刚染完头发，一股刺鼻的染发剂味道在房间里发散开来，我的鼻子一阵阵发痒，想打喷嚏，却打不出来。屋子里的气氛有些凝滞。

姑父有一些慌乱，他急忙介绍说："这是……"奶奶接过话头说："我是他姨妈……远房的，听说你们要结婚，特意过来送份子。这个是我孙女。"我看到奶奶佝偻着腰，显得单薄而又瘦小，刚才飞扬在她脸上的神采，早已烟消云散。一听说我们是来送钱的,女人立刻像变了个人,干巴巴的脸顿时舒展开来,像一片茶叶掉到了开水杯里。奶奶把红包塞给她,她一点也不推辞,用粗短的手指捏了一下。

奶奶准备告辞,她赶忙拉着她的手说:"这都到吃饭的时间了,怎么还走呢?我下去买几个菜,你们晚上就在这里吃饭。"奶奶说:"下次,下次吧。"女人说:"那怎么行呢?这样说出去要让人笑话的。"奶奶说:"都是自己人,不客气的,我家里还有事。"女人用怀疑的目光看着奶奶说:"真有事?"奶奶说:"真的。"女人也不客气了,马上说:"那我就不勉强了,明天晚上记得早点来喝喜酒啊!"奶奶一听,脸色突然变得煞白,手捂住胸口,但她还是勉强地挤出一丝笑容说:"好。"

门关上了。楼道像漆黑的地窖。奶奶回过头,像是在做最后的道别。她有气无力地说:"小欣,我走不动了。"我弯下腰,将她背在背上,两只手紧紧将她箍住,怕一松手她就会像鸟儿一样飞走。我的头发不知什么时候湿了,水滴到唇角,带来一阵轻微的凉意。

雾又开始重了。

蝴蝶

1

马钢再次见田馨,是十三年后的事了,让他没想到的是,见面的地点竟然会在自己的岳父家。

那天正好是夏至,下午四点钟的样子,下起了雨。时断时续的雨,像是一个经验不足的厨师,不断地往菜里面加盐。路上行人稀少。白万福早早做好了晚饭,黄鳝烧茄子、土豆烧鸡、油炸白条鱼、青椒小河虾、红烧粉肠和河蚌豆腐汤,像叠罗汉一样叠在锅盖上。

白万福换了一身新衣服,照镜子时发现自己忘记一件重要的事情——刮胡子。刮完胡子的白万福,看上去有些虚弱。他的脸像一张白纸,眼皮水肿,像是纸浸了水后起了泡;稀少的头发,像一只盘子里吃剩的几片黑木耳;腰有些佝偻了,从侧面看,瘦得像一根猴皮筋。

灰堆在菜园里西南角。他去倒灰的时候,碰上了

"癞蛤蟆"冯金宝。冯金宝爱开玩笑,见到白万福总要逗他两句,儿媳呢?白万福说,到现在还没见呢!冯金宝不怀好意地笑着说,儿媳还没进门,你爬啥灰?白万福一着急就口拙,几乎带着求饶的口气说,你不要乱讲,不要乱讲嘛。冯金宝看到他一脸无辜的样子,心里就乐开了花,带着酸溜溜的羡慕语气说,你儿子长年不在家,你以后又要多一块自留地啰。

白万福不知道如何回话,脸上红一阵白一阵的,恨不得将手上的灰耙扔过去。黄仙菊听到他们的对话,气得头发都竖起来了。她本想叉着腰破口大骂,骂遍冯金宝的祖宗十八代,但又怕到时候收不住嘴,把"儿媳"吓跑了。她压抑住心中的怒火,用最平常的语调说,哟,是金宝啊,吃晚饭没?

听到黑暗中传来黄仙菊的声音,冯金宝的腿顿时就软得像煮熟的粉丝了。要知道,黄仙菊可不是一般的人物,因为吵架厉害,村里人给了她一个"铁嘴黄蜂"的绰号。有一次,她跟寡妇何彩仙吵架,居然从早上一直骂到天黑。从那之后,何彩仙见到她就绕着走。冯金宝不想自讨没趣,将鼻子一捏,就慌慌张张地闪进了旁边的巷子,拖鞋在水洼里发出啪嗒啪嗒的杂乱响声。

天黑了，连门口的路和树都看不清了，客人还没有来。黄仙菊和女儿白金凤靠在门楣上，矮胖矮胖的身子，像两个鸡蛋。不过，黄仙菊皮肤黑些，像茶叶蛋。黄仙菊在嗑瓜子，她总要等到嘴里塞满了瓜子壳，才愿意噘起胖乎乎的嘴，玩一回"天女散花"。白金凤满怀期待地往村口探望着，她想看看小学同学田馨到底变成了什么样子。听弟弟说，一次意外的工伤让田馨破了相，脸上留了一块很大的疤。想当年，田馨可是校花，暗恋她的人数都数不过来；现如今，却成了没人要的库存货。想到这里，她心里竟然有一种说不出的快意。她从兜里取了支廉价的口红，认真地涂抹起来，涂完后，抿了抿油腻的嘴唇，脸上浮现起骄傲的表情。

马钢坐在蟹巴椅上，装作轻松地玩着手机游戏。他心里矛盾极了：他是如此热切地想见到田馨，又是如此害怕见到她。他不知道等一会儿会有怎样的尴尬。他想让自己变得平静一些，不让别人看出任何的破绽。可越是这样，他就越紧张：汗水濡湿了衬衫，脸上的刀疤一阵阵发痒……

白万福觉得嘴里没味儿，偷偷倒了杯杨梅酒，正准备喝，被黄仙菊一把夺了过去。黄仙菊骂道，你是不是老年痴呆了？客人还没来，你却先喝起来了。下次老娘把酒瓶里给你装上农药，看你还喝不喝？白万福像奴才一般媚笑着说，仙菊，你就可怜可怜我吧。我只喝酒，又不吃菜的。黄仙菊说，我呸，等会儿喝多了，又该乱讲话了。白万福可怜兮兮地说，你一会儿拿针把我的嘴缝起来，总行了吧？黄仙菊冷笑了一下，把酒杯递给白金凤说，去，给老不死的倒回去。白金凤欣然领旨，白万福趁女儿不注意，抢过酒杯，一口就喝完了，然后摸了摸沾湿的胡子，从口袋里摸出一颗五香蚕豆，满足地嚼了起来。黄仙菊勃然大怒，呵斥道，狗××的，你想造反？白万福则摆着手说，我哪敢啊，借我十个胆我也不敢啊！黄仙菊不想跟他纠缠不休，命令道，给老娘到厨房去看着菜，别让猫跳上灶台。白万福只好从命。

屋外突然响起一阵踢踢踏踏的脚步声，声音越来越近，像缝纫针一样，一针一针地扎到了马钢的心上。他头皮一阵发麻，慌乱中，手机掉在了地上。他捡起手机，抬头一看，才发现是一场虚惊，来人是隔壁邻居红娟。他长长地呼了一口气，用袖子擦了擦额头上的冷汗。

红娟也算村里的人物，她最大的特长是嚼舌头，什么事情，她都喜欢添点油，加点醋。有一次，邻村的阿康早上骑自行车不小心摔了一跤,擦破了一点皮。红娟听说后,马上就跟别人说,你知道吗?阿康今天被大卡车撞了,自行车都飞出去了,挂到了树上。阿康流了一脸盆的血,血流到池塘里,把整个池塘都染红了。到了中午,她再跟人说的时候,就说,你见到阿康了吗?我跟你说,他现在正在县医院做截肢手术,下半辈子只能坐轮椅了。到了晚上,她又说,我早上买菜的时候,碰到阿康,就感觉他要出大事。我看到他额头上有一片树叶,那树叶不是完整的,被虫子咬过,看上去就像一把刀。我就跟他说,阿康啊阿康,你头上有把刀,恐怕会有血光之灾。你今天就不要出门了,可惜,他把我的话当作了耳边风。他如果听了我的话,就能躲过一劫了。

每到吃饭的时候,红娟总喜欢端着饭碗在村里乱窜,闻到哪家有肉香味,就往哪儿钻。她碗里只有两片黄瓜,本想到白万福家来转转,顺便夹几筷肉的,没想到,如意算盘打错了。

红娟朝堂屋里探了探脑袋,有些失望地说,怎么还没来?白金凤说,是啊,我都快饿成扁团子了。红娟咂咂嘴说,可惜了一桌子好饭菜。黄仙菊叹了口气说,再等五分钟,如果还不来,老娘就不等了。红娟笑了笑说,要真是饿了,先去我家扒几口吧?

白万福听到说话声,径直走了出来。红娟说,白老板,你今天做了些什么菜啊?我隔了好几里地就闻到香味了。白万福说,你就别笑话我了。我心里就像是癞蛤蟆吃长豆,悬吊吊的。红娟说,你紧张什么呀?又不是你娶老婆。白万福说,为小龙的婚姻大事,我都折腾了不知道多少回了。这次要是还不成功,我怕真找不到了……红娟一听,两眼放光,说道,怕什么?我看我家小燕跟小龙就很般配嘛。这时,白万福突然想到一个笑话,便说,太熟了,怕是不太好下手哟!见白万福跟红娟眉来眼去,打得火热,黄仙菊就有些不高兴了,轻轻咳嗽了一下,白万福就乖乖回厨房去了。红娟也不想自讨没趣,端着饭碗,到别家去了。

过了差不多十分钟,白金凤终于兴奋地喊道,来了,来了!屋子里有一阵小小的慌乱。白万福用毛巾擦了脸上的汗珠,白金凤理了理自己的衣服,马钢咧开嘴,试着笑了笑,让脸上的肌肉尽量变得松弛一些。只有黄仙菊一脸镇定,不紧不慢把没嗑完的瓜子放回口袋,拍了拍手上灰尘。

2

白金龙穿了一件黑T恤，胸前印着刘德华的头像。他皮肤很黑，乍一看像个印第安人，走路时，两只手插在裤兜里，吹着口哨。田馨跟在身后，像一只温顺的小动物。她上身穿了一件黑色的棉衬衣，上面还绣着白色的小花，下身则是一条卡其色的七分裤，露出白净的小腿。这跟马钢记忆中的样子是迥然不同的，在他的记忆中，田馨是很爱笑的，一笑，就会露出好看的小虎牙，甜极了；即便在不笑的时候，嘴巴也弯成浅浅的新月。

白金龙没跟任何人打招呼，就钻进了屋。他好像忘记了田馨的存在，径直跑到厨房，从水缸里舀了半瓢水，咕噜咕噜喝完了，又用手抓菜吃。一一尝过之后，肚子有点不舒服，赶紧跑去了厕所。

田馨孤零零地坐在长条凳上，白家人围着她，像围了一圈篱笆。她感觉有些喘不过气来，试图打破这种沉闷的气氛，但嘴巴像是上了锁一样，一句话都说不出来。她觉得自己一个人坐着不合适，便站起来。白万福笑眯眯地说，走累了吧，快坐着歇一会儿。她只好坐下来，低着头看着自己的脚，手抠着指甲，像是在剥瓜子一样。一只花脚蚊子在她手臂上咬了一口,起了个红包,很痒,她却没有去挠一下。

黄仙菊双手交叉着抱在胸前,用挑剔的眼光打量着田馨。其实,她看到田馨的第一眼,心里就不喜欢了。在她看来,田馨瘦得简直像根松针,要胸没胸,要屁股没屁股,长长的头发还遮了半边脸,跟梅超风似的。人倒长得漂亮,可漂亮不能当饭吃,而且漂亮的女人个个都是狐狸精,过不了几年,就爬到别人床上去了。最让她不能接受的是,进门时居然也不喊一声阿姨,一点人情世故都不懂。

白万福对田馨倒是打心底里欢喜,他觉得这姑娘配自己的儿子是绰绰有余了。他问,田国庆是你什么人?田馨轻声说,我们是一个村的。白万福说,听说他现在在县里当局长了,风光得很哪!田馨点了点头。白万福说,想当年,在公社的时候,我们还在同一间办公室呢。田馨仍然只是点了点头。白万福用一种沧桑的语调说,唉,人这一辈子,总会有一些机遇的,都怪我当时没把握好啊,要不然……我起码也可以当个副局长了。黄仙菊怕他管不住自己的嘴,把当年偷公社的收音机被开除的丑事抖出来,便咳嗽了一声。白万福立刻收住了话匣子,跑到长台前倒了一杯开水，在里面加了一勺红糖，递给田馨。

白金凤脸上写满了失落，她本以为当年的校花，会变得又老又丑，可没想到这么多年过去了，田馨还是那么漂亮，皮肤像城里的女孩一样白，青色的血管隐约可见，仿佛多看一眼，皮肤就会冒出水来。她挨着田馨坐下来说，你肯定不记得我是谁了吧？田馨并没有急着回答她，而是用纸巾擦了擦嘴，慢条斯理地说，当然记得啦。我记得小学六年级的时候，你坐第一排的嘛。那个时候，男同学都怕你，因为他们一惹你，你就会撕书。白金凤叹了口气说，时间过得真快啊，我们小学毕业之后就没见过了，一晃十年了吧？说着，开始扳着手指数了起来。

马钢怕自己太沉闷，反而会引起注意，便插了一句，十三年了。白金凤说，对对对，真是十三年了没见了，我都成老太婆了。她又指着马钢说，你还认得他吗？马钢没想到她会把话头转向自己，傻乎乎地笑了笑，额头上沁出了细密的汗珠，手不知道往哪里放，一会儿摸摸耳朵，一会儿摸摸鼻子，一会儿又捋捋头发。不过，事情没有他想象得那么糟糕，田馨端详了一番，竟然没认出他是谁来。

白金龙出来了，边走边在衣服上擦着湿乎乎的手。

他抢过话说,这是我姐夫马钢,六年级时跟你也是一个班的。田馨不好意思地笑了,她笑起来还像蜂蜜那么甜。为了掩饰内心的不安,马钢顺手卷起了衣袖,可又觉得热,旋即又放了下来。白万福笑眯眯地说,你们的肚子都在唱空城计了吧?说完,起身去端菜,河蚌豆腐汤盛得太满,他端的时候,大拇指泡在了汤里。

按照本地的习惯,家里来了客人,男人们总要喝上几盅的。白万福拿出三个酒杯,倒满酒。他喝酒时,简直像个守财奴,先是陶醉地眯着眼睛,把酒香味一股脑儿吸到肚子里去了,然后,轻轻舔了一下杯沿,一点也舍不得多喝。马钢喝酒的时候一声不吭,像个闷葫芦。他从不主动举杯,但只要一举起杯,就喝得一干二净。白金龙的酒量虽然不好,但却刻意要表现出男人的豪爽,三杯下肚,脸就红了。

黄仙菊吃饭的时候,眼睛一直没有闲着,直直地盯着田馨。吃饭前,田馨用纸巾擦了擦筷子上残留的水珠,她心里便咯噔了一下,像吃了只苍蝇,暗暗想,这姑娘也太娇气了,分明是嫌筷子脏嘛!接下来的事情,让她更生气了:田馨居然光顾吃菜,几乎不吃饭。菜是下饭的,要是光吃菜,家里就是有金山银山也会被吃空的。而且这一桌子菜，她原本打算吃两顿的，照这种架势，恐怕连一口汤都不会剩下了。她正生着闷气，又出现了一个插曲：田馨的筷子一滑，一块鸡肉掉在了桌子上，田馨准备拿纸巾包起来扔掉。这时，黄仙菊再也忍不住了，阴阳怪气地说，桌子干净得很，我今天专门用洗衣粉刷了半个小时，到现在手臂都是酸的呢！田馨听出了弦外之音，不知道如何回答，低着头，像是做错事的孩子。空气一下子沉闷起来。说时迟，那时快，白金龙用手一拈，把那块鸡肉放进了嘴里。黄仙菊本想借题发挥的，谁料儿子坏了自己的好事。她越想越气，便在桌子底下踢了踢女儿的脚，又给女儿使了个眼神。黄仙菊说，我去添饭。白金凤跟了出来说，妈，让我来，让我来。可黄仙菊却没有停下脚步。

马钢顿时轻松了许多，他用眼角的余光，打量着田馨。她夹了一块竹笋，张开樱桃小嘴，轻轻地咬了一口，好像怕把食物咬痛似的；咬完了，又用纸巾轻轻擦一擦柔软的嘴角。白金龙又一次举起酒杯说，来，走一个。马钢一慌，把筷子碰落在了地上。他到桌子底下捡筷子的时候，看到了田馨的脚，她穿了一双明黄色的细带凉鞋，纤巧的脚怎么看都像是精致的水晶糕，雪白的脚趾就像一朵朵樱花。等他捡起筷子，手边多了一张纸巾。田馨微微一笑，说，擦擦吧！她笑的时候，露出两个小酒窝，可爱极了。马钢心头一热。这熟悉的微笑，让他陶醉，也让他惆怅。她虽然就在面前，但却让他感觉是那么遥远，那么不真实。白金龙还举着酒杯，马钢跟他碰了杯，一饮而尽，但这一次他觉得喉咙口烧得厉害。

进了厨房，黄仙菊忙掩上门，压低了声音问白金凤，带钱没？白金凤说，干吗？黄仙菊着急地说，到底带了没？白金凤说，要多少？黄仙菊想了想说，10块。黄仙菊掏出一个红包，将里面的200块换成了10块。白金凤不解地说，这也太少了吧，传出去要让人笑话的！黄仙菊将声音压得更低了，说，我本来就没打算要这个媳妇的，这见面钱不是白白扔在水里了吗？白金凤说，那还不如不给好。黄仙菊说，你懂什么！白金凤说，可这也太少了，你打发叫花子啊！黄仙菊犹豫了一下，似乎要做出一个重大的决定。白金凤说，要不再添两块？这样就是六六大顺了，吉利。黄仙菊反问道，天上会掉下两块钱吗？

黄仙菊笑眯眯地走到田馨的跟前，掏出红包说，这是我们的一点心意。田馨忙摆了摆手说，我不要，我不要。黄仙菊说，钱虽不多，你千万不要见怪。白万福说，第一次上门都要给见面钱的，这是规矩。你要是不收下，就是看不起我们啰。白金凤也在一旁劝说，你要是不拿，说出去，别人要笑我们的。推搡了几个来回之后，田馨只好勉强收了下来。

饭吃得差不多了，白万福又说，我听说城里人吃饭后，都要吃点水果的。金龙，你去后院摘几串葡萄来。黄仙菊又骂开了，你老年痴呆啦，葡萄昨天不是刚打了农药的吗？白万福疑惑地说，我没打啊！黄仙菊说，说你老年痴呆，你还不相信，你的记性都给狗吃了。白万福说，那去许老大家摘吧，反正他们都跑到女儿家去了，家里没有人。白金龙说，我不去，要去，让姐去。白金凤则说，马钢，你去。马钢在屋里憋得发慌，正想到外面透透气，便起身去了。凉飕飕的风吹在脸上，他才感觉自己的脸烫得厉害。他点了支烟，抬头看着夜空，心里无比惆怅。

酒足饭饱之后，白金龙从口袋里掏出烟，无名指在烟盒下轻轻一弹，一支烟便钻了出来。他用嘴叼了一支，手从裤兜里摸出汽油打火机，在皮鞋上擦了一下。没有点着火，他甩了甩，又擦了一下，等到第三次时，终于点着了。他深深地吸了一口烟，一边抖着二郎腿，一边吐着烟圈。坐了一会，田馨说："叔叔阿姨，时间不早了，我得回去了。"白金龙赶紧掐了烟说："我送你。"说完，就去推自行车，却见自行车上蒙了厚厚的一层灰，他赶紧用袖子擦了又擦。出门前，他还对着镜子理了理自己的发型。

两人走后，白万福开始洗碗，边洗边哼着小曲。黄仙菊和白金凤则坐在堂屋里喝着茶，嗑着瓜子。白金凤若有所思地说，奇怪了，怎么没见到脸上的疤？听说好像蝴蝶那么大呢！黄仙菊大吃一惊，问道，什么疤？长在什么地方？白金凤就把田馨工伤的事一一道来。黄仙菊冷笑了一声说，怪不得她要装梅超风了，原来是那半边脸见不得人。白金凤说，不过，弟弟好像很喜欢她。你以前给他介绍的那些，他没有一个上心的。黄仙菊说摇了摇头说，我不管，反正这个媳妇我是不要。白金凤说，这种事情，你说了不算的，弟弟的脾气你又不是不知道。黄仙菊说，找个残疾的媳妇，要被村里人笑死的。白万福听到"残疾"两个字，拿着抹布跑出来说，我看小田走路挺利索的呀！白金凤说，不是腿的问题。白万福说，那是什么问题？白金凤说，脸上有疤。白万福说，差点把我吓死了，脸上有个疤怕什么？只要不缺胳膊少腿就行了。白金凤耸人听闻说，听说有碗口那么大。白万福一听，也惊住了，盯着黄仙菊的脸色，不敢随便发表意见了。黄仙菊口气坚决地说,这种媳妇就是送给我,我都不要。白万福叹了口气说,金龙也不小了,你就别瞎折腾了。黄仙菊咬了咬牙说,只要老娘还有一口气,她就别想进白家的门。白万福赶紧跑去把大门关上了。

3

白金龙到家的时候,村庄里一盏灯都没有了。他心里乐滋滋的,回想起整件事情,连他自己都觉得不可思议。曾经那么多人追求的校花,竟然很快就要变成自己的女人了,就像一帮人在踢球,你夺我抢,最后进球的,居然是一个场外的观众。一阵清爽的风吹过来,他忍不住唱起了歌:"2002年的第一场雪,比以往时候来得更晚一些。停靠在八楼的二路汽车,带走了最后一片飘落的黄叶……"狼嚎般的歌声惊到了让村子里的狗,吠声此起彼伏,连成一片。

白万福和黄仙菊早就进入了梦乡。黄仙菊把白花花的肥腿压在白万福身上,呼噜声让房子颤抖。白金龙骑到门口的时候,月亮从云彩里钻了出来,明晃晃的光芒照在水泥的场院,像一池湖水。白金龙在门口不停地按着车铃,刺耳的铃声惊醒了黄仙菊,不过,她感觉自己软得像一块豆腐。她推了推白万福,可他睡得太沉,根本没有反应。黄仙菊便用指甲在他手臂上狠狠掐了一下。白万福感到一阵钻心的疼,像跳蚤一样从床上跳了起来,嚷道,老鼠,床上有老鼠。黄仙菊说,讨债鬼回来了,还不快去开门?白万福说,你去开。说完,拿被单蒙住了脸。黄仙菊哪肯罢休,抬起腿就是一脚,白万福像一只皮球滚下了床。

门刚打开,白金龙就骑着车进了屋。白万福一边跺脚一边喊,小心点,小心碰了热水瓶。白金龙停好车,又去厨房喝凉水去了。白万福想跟他说说他姆妈对田馨的看法,又不想当恶人,话到了嘴边,又咽了下去。他关好门,回到床上,发现自己的位置都没有了,黄仙菊睡成一个大字,占满了整张床。他使了好大的劲,才挤出一点位置。

第二天早上,白万福就做好了早饭,在菜园里翻地,准备种一轮小青菜。黄仙菊起床的时候快十点钟了,她蹲在菜园门口的树桩上,一连吃了三碗泡饭,然后,一挥手说,去,把小龙叫起来。白万福在楼下象征性地叫了声,没听到动静,便说,他昨天回来得晚,让他多睡会吧。黄仙菊皱了皱眉头说，又能睡又能吃，怎么就不长肉呢。白万福说，这个你就不用操心了，等他结了婚，自然就发福了。黄仙菊觉得他话里有话，板着脸说，等会儿，我说他的时候，你不许乱插嘴。白万福还想争取一下，说道，我觉得……他的话还没说完，就被黄仙菊打断了。黄仙菊呵斥道，这个家里，你说了算，还是我说了算？白万福说，小龙年纪不小了，你就别再瞎折腾了。黄仙菊火了，瞪着眼睛说，我看你最近骨头有点松了，该给你紧紧发条了。白万福不敢说话了，点了一支烟，开始翻地，新翻的泥土，发出蓝黑色的微光，他不时地弯下腰，把杂草扔到菜园外面。

　　白金龙睡眼蒙眬地下楼时，白万福正在撕日历。白金龙笑着说，大大，你性子也太急了吧，这就开始选日子啦？白万福苦笑了一下说，你姆妈有话跟你说呢！他顿了顿，又补充道，你好好跟她讲讲道理，千万别惹她生气。白金龙在堂前坐下来，一只手支撑着昏沉沉的脸，闭着眼睛，有气无力地说，有什么话快说吧，我填饱肚子还得去睡呢！白万福知道火药桶很快就要被点燃，准备去粮仓抓把稻子，到后院去喂鸡。他还没来得及溜走，黄仙菊就开腔了，她直截了当地说，我跟你爸商量过了，这门婚事，我们不同意。白金龙像被打了一棍子,彻底清醒了。他直直地盯着黄仙菊,眼珠子好像一下子被人摘了,眼神空洞极了。白万福低着头,不敢看儿子的眼睛。他以为儿子会大喊大叫。谁知道白金龙一句话也没说,面无表情地上了楼。随后就听到砰的一声,房门被重重地撞上了。屋子外面,阳光灿烂,像针一样刺在白万福的心上。他想上楼去劝一劝儿子,刚转身,黄仙菊就吼道,你给我站住。白万福无奈地说,你不觉得小龙有点反常吗?黄仙菊说,我这都是为他好。说完,从桌子上拿了一根黄瓜,在袖子上擦了擦,嘎嘣嘎嘣咬了起来。

白金龙没有下楼吃午饭。白万福要去叫,黄仙菊制止道,不要管他。白万福说,没吃早饭,又没吃午饭,要是饿坏了怎么办?黄仙菊说,放心好了,饿不死的。白万福无可奈何地叹了口气。

草草吃完饭,白万福挑了稻子去了加工厂,黄仙菊则去瘪嘴陈老太家搓麻将。每天吃过午饭,她就要去搓麻将。这天,她运气特别好,经过李大同家门前的草堆时,看见一只母鸡正在下蛋,就猫着身子在旁边守着,等母鸡的屁股一抬,就跑上去把热乎乎的鸡蛋塞进了口袋。

她刚到陈老太家门口,就闻到香油的香味,陈老太正在吃肉末拌面。她阴阳怪气地说，哟哟哟，昨天赢了钱，今天就吃肉啦？陈老太一边搅着面一边说，你要不要吃点？黄仙菊说，我吃过了。你快点吃，一会就没工夫吃了。话音刚落，牌友李大爷和吴老太就到了，他们在各自的位置上坐下来。陈老太只好端着碗上了赌桌，用筷子一根根地挑面吃。

说来也怪，黄仙菊的手气格外好，刚上桌就一连和了五把，面前的筹码堆得跟小山似的。陈老太害怕出冲，打得很犹豫，把五万抽出来后，在半空中愣了一下，又收了回去。黄仙菊等不及了，撇了撇嘴说，你倒是快点打，再不打我就睡着了。陈老太说，我知道你想吃这张牌，我偏不打。说完，抽出四筒，小心翼翼地放在桌上，眼睛直直地盯着黄仙菊，你吃，你吃，让你吃。可话音还没落地，黄仙菊就和了。她不急着洗牌，而是伸着手要筹码，好像害怕别人耍赖似的。陈老太数了两遍筹码，表情有些凝重。黄仙菊就说，数了又不会多出来，快洗牌啦！陈老太叹着气说，唉，把昨天赢的20块钱都吐出来了。黄仙菊说，你要是天天赢，鬼才跟你打哟。吴老太手脚快，第一个洗好又码好了牌，把骰子递给黄仙菊说，仙菊有了新媳妇，手气就是不一样，早知道今天停一天工了。黄仙菊说，你可千万别提这事了，提起这事我就生气。陈老太说，女方肯定跟你要很多聘礼了吧？现在的人啊，一个个都是棺材里伸手，死要钱。吴老太说，对，对，对，真不知道是嫁女儿，还是卖女儿。黄仙菊打了张牌说，那倒不是，是我压根没看上那个姑娘。我要的是个勤快麻利的媳妇，可不想请个'老娘'到家里来服侍。陈老太说，那见面钱不是扔河里了？黄仙菊说，还不如扔河里呢，扔河里还有个响声呢。唉，整整200块呢，想起来我就心痛。陈老太说，是哪家的丫头啊？黄仙菊说，东门圩田国华家的。吴老太吃了一惊，意味深长地笑着说，那种克夫的女人可千万不能要。黄仙菊一脸迷惑，意味深长地说，你认识她？吴老太说，我有个亲眷在东门圩，说这个女人原本是嫁到黄家浃的，谁知道，刚定了婚期，老倌就死了。黄仙菊问，怎么死的？吴老太说，不知道是得了一种什么怪病。反正，这种女人，千万不能娶，谁娶谁倒霉。黄仙菊得意地说，见到第一眼，我就知道她不是什么好货。不是我吹，一只苍蝇只要从我眼前飞过，我就知道是公还是母。陈老太刚想发表自己的意见，黄仙菊摸了张七条，和了。一直在做闷葫芦的李大爷侧过头，仔细检查了一遍她的牌，然后叹着气说，你今天的手气也太仙了吧？吴老太说，你简直是台抽水机嘛，恐怕要把我们口袋里的钱全抽干了。

吴老太的话竟然真的应验了，最后一算账，黄仙菊一共赢了68块，正好是昨天请客买菜的钱。她不光赢完了他们口袋里的钱，吴老太还欠她3块。吴老太掏遍了口袋，有些不好意思地说，先记着账，我明天拿给你。黄仙菊笑着说，我记性不好，说不定到明天，就会记成5块或者8块了，还是跟你去家里拿吧！陈老太看不过眼了，打抱不平地说，你也真是的，她又不会跑掉，怕什么？黄仙菊则不客气地回应，反正又不远，走几步就到了。坐了一下午了，把屁股都坐麻了，走一走也好。吴老太一脸不快地说，你先坐着，我回去给你拿。黄仙菊悬着的心这才放松下来，皱起的眉头，像折扇一样缓缓展开了。

黄昏时分，家家户户开始忙碌起来，有的在收衣服，有的在做饭，有的在场院上浇水降温，都想赶在天黑之前，把这些活忙完。路上的行人，脚步有些匆忙，忙了一下午，肚子饿得咕咕叫了，想早点回家吃晚饭。黄仙菊则格外悠闲，她的手捂着兜里的钱，好像怕一松开钱就会飞走一样。

经过邱记杂货店时，老邱正坐在门口的藤椅上听收音机。见到她,忙打起了招呼,下班啦?今天收成如何?黄仙菊说,一般般,赢了点饭菜钱而已。老邱说,你要点什么?黄仙菊说,称一块钱的多味瓜子吧。老邱称瓜子的时候,她不失时机地抓了一把,先嗑了起来。接过瓜子的时候,她在手里掂量了一下,然后,拿出身上最破烂的10块钱,递给了老邱。老邱皱了皱眉头说,你这张钱也太旧了!她一听就不高兴了,说,这你就不懂了:这钱是越旧越真,要是有人给你新票子,你得多长一点心眼。老邱转身找钱的时候,她又抓了一把瓜子,飞快地放到口袋里。

正当她一脸得意地往家里走时,白万福像飞镖一样扎到了她身上。黄仙菊骂道,你急着去投胎啊?白万福上气不接下气地说,出……事了……出事了。黄仙菊看到男人没出息的样子,又骂,天塌下来吗?白万福哭兮兮地说,小龙要跳楼了,劝了半天,都不肯下来,不知道吃错了什么药。黄仙菊吃了一惊,但很快就恢复了平静,淡淡地说,老娘倒要看看他演的是什么戏。

白万福急成了一条疯狗,可黄仙菊仍然不紧不慢地走着。远远地,她就看到家门口围了不少看热闹的人,白金龙穿着一件红T恤,坐在二楼的屋顶上,一手拿着酒瓶,一手点着烟,两只腿在半空中晃悠着,身子只要往前稍微一倾,就会掉下来。看热闹的人在叽叽喳喳地讨论着:有人说,要真是摔下来,起码腿是要断掉的;有人说,要是脑袋朝下,小命肯定保不住了;还有人说,要跳就快跳嘛,跳完了老子好回家吃晚饭。

黄仙菊格外镇定,叉着腰说,小龙,你别以为这样会吓到老娘,老娘不吃你这一套,你趁早滚下来。白万福没想到她说话那么强硬,埋怨道,我的老娘啊,你千万别激他,要是真跳下来,我们的下半辈子可怎么办啊?黄仙菊冷笑了一声说,他如果存心要跳,早就跳了。白万福苦着脸说,不怕一万,只怕万一,他可是白家的独苗啊!黄仙菊呵斥道,少跟老娘废话,进屋做你的饭去。白金龙把半瓶酒喝完了,又把身上的东西一样一样地往下扔,先是烟,然后是钥匙、钱包和鞋子。最后扔下来的打火机,在地上炸裂了。白万福的心好像也碎了,他跺着脚说,小龙,你可千万不要想不开啊。你妈是豆腐心、刀子嘴,你千万不要听她的,你快下来,大大求你了。白金龙终于开腔了,我就要让你们后悔。说完,白金龙摇摇晃晃地站起来。房子似乎也摇晃了起来。人群中一片沉寂,所有的眼睛一眨不眨地盯着他,生怕错过了最精彩的一幕。有些孩子因为害怕转过身去，还有一些孩子的眼睛被手掌蒙住了。这一刻，黄仙菊也有点紧张了，对白万福说，你上去，从后面抱住他。白万福说，这个时候，千万不能来硬的。万一真有个三长两短，我们要后悔一辈子的。白金龙听到他们嘀咕，便说，你们不要搞鬼名堂，我数到十，就往下跳了。一、二、三……

刚数到"八"的时候，突然响起了一个惊雷，差点把耳朵都震破了。天顿时暗了，雨水倾泻而下，但是人们仍不愿意离去，全都躲到树下。有人还嘀咕了一句，小龙今天死定了，你看老天都掉眼泪了。又有一个老太太接过话茬说，我活了这么大年纪，没见过这么狠心的娘，她的心是辣椒做的吗？白万福看到排水管里淌出的水，竟然是红色的。他吓坏了，语无伦次地说，血……血……小龙割手腕了。他这么一说，黄仙菊也吓坏了，脸色唰一下白了，两腿软得像绳子，扯起了嗓子喊，小龙，你快下来，你说什么，妈都答应，你可千万别做傻事啊！白金龙有些摸不着头脑，不知道为什么形势一下子就发生了如此大的转变，便说，你说话要算数。黄仙菊带着哭腔说，小龙，你连姆妈都不相信吗？白金龙终于缓缓转过了身。屋顶上有青苔，他脚底一滑，身子又摇晃了一下，一只拖鞋落了下来，人群中马上响起了一阵尖叫声。幸好，他的右手抓到了旁边的烟囱。等他下楼后，大家都带着失望的表情散去了。黄仙菊紧紧抱着他哭个不停。

黄仙菊害怕儿子再做傻事，只过了一个星期，就把婚事办了。一切都匆匆忙忙，新房没怎么布置，只是刷了一层石灰，贴上了几个囍字而已，也没有大摆宴席，只是两家人在一起吃了一顿饭。席上，马钢一声不吭，不停地喝酒，喝着喝着，就醉倒在了地上。白万福和白金龙费了好大的劲，才把他抬上床。

4

结婚后没几天，白金龙就去上海做水电工了，一个月有1800元的工资，比他在以前在县城做足足多了一倍。田馨则在县城的服装厂上班，旺季的时候，一个月也能有800元。她每个星期只回一趟家，但每次回家，家里总有一堆忙不完的事在等着她做，她忙得像个陀螺。

一个星期六的傍晚，马钢去岳父家拿菜籽。其实，中午的时候白金凤就催他去了，可他拖到傍晚才去，因为他知道，田馨至少6点钟才能回到家。

走在路上,有人跟马钢打招呼,他装作没有听见,脚步越走越快,心里充满了甜蜜的期待。

说来也巧,他到岳父家的时候,田馨正从菜园里出来,手里握着一把新摘的韭菜。她穿了一条紫色的长裙,宛若一朵绚烂的木槿花,那水灵灵的杏仁眼、小巧细窄的鼻子,还有温润可爱的耳垂……都让马钢怦然心动。她似乎感觉到他火辣辣的目光,低下头,喊了声姐夫。他的目光像一只蜻蜓,停落在她天鹅般粉白的脖子,心里像被小虫子咬了一下,痒酥酥的,结结巴巴地说,他……他们……都,都不在家?田馨轻声地说,搓麻将还没回来呢!

她来到井边,准备打水,他便跑上前抢过水桶说,我来。井水从红漆的木盆里溢出来,打湿了她的木屐,趾甲泛着珍珠的柔光,光滑的脚背变得更加细腻,如同白瓷,薄薄的皮肤下蜿蜒着淡淡的青色线条,隐隐约约,若有若无。她蹲下来洗菜,小脚趾似乎有些害羞,宛如一枚枚未熟透的樱桃。他点了支烟,注视着她。

在淡淡的余晖里,她洗菜的动作,如月光般轻柔,纤长的手指,像一条白鱼在清凌凌的水里游动。风停了,空气有些沉闷,井台边的小树林,开始变得幽暗,两只麻雀停在枝头，一动不动，像是在偷看着他们。他感觉口干舌燥，问道，你……什么时候回来的？田馨说，刚回，说完用手背捋了捋被汗水沾到嘴角的头发。马钢第一次看到她左脸的伤疤，像一只紫色的蝴蝶。他感觉脸上有一阵灼痛，不忍再看。正是这块小小伤疤，彻底改变了她的命运啊！

他注视前门口空荡荡的道路，疯狂生长的树枝，构成了一条深邃的拱形走廊。路上没有人，只有两只狗在打架。他咬了咬嘴唇，终于道出了一直以来压在心头的疑问，你上次真的……没认出我来？她没有回答，只是微微一笑。马钢有些不甘心，继续追问道，我想不通……你……怎么会嫁给……金龙呢？这话一说出来，他就后悔了。因为，她的脸一下僵住了，桃花般的脸，变成了一朵惨白的梨花。她望着黑漆漆的小树林，眼神有些伤感。马钢有些不知所措地说，我，我，我，只是随便问问。她淡淡地说，这是我的命。像我这样的次品，有人要就已经很满足了，哪里还能挑三拣四的呢？说完，她起身将洗净的韭菜搁在篮子里头，篮子挂在门口的节节高上，又漫不经心地问他，你今天来就是问我这些的吗？马钢有些尴尬地说，我……我来拿点菜籽。她说，那我去帮你找找。

她转身进了屋,走路时,露出粉红的脚板心。他一只脚跨进门,又犹豫着缩了回来。他看着她的背影,一点点消失在堂屋的黏稠幽暗里。他坐在门口的蟹巴椅上,跷着二郎腿,又点了根烟,听着房间里传来清脆、悦耳的木屐声响,那声响像小雨点一样,洒在他的心里面,带着微微的凉意。

过了几分钟,黄仙菊回来了。到了家门口,看到一只公鸡正扑打着翅膀想飞进菜园。她迅速地低下头,捡起一颗石子,扔了过去。石子正好砸到了公鸡的腿,它一瘸一拐地灰溜溜地跑开了。这一下,马钢的美妙感觉顿时无影无踪。他喊了声姆妈。黄仙菊问,一个人来的?金凤呢?马钢有些局促地说,她……她在家做饭,我……我来拿点菜籽。黄仙菊说,那我帮你找找。马钢说,不用了,田馨在帮我找呢!说到田馨这个名字的时候,他感觉声音有些颤抖,心虚地盯着黄仙菊的脸,怕她听出什么异样。黄仙菊没有这么敏感,她口渴得厉害,跑到长台前,喝了一肚子水,喝完后,打了个嗝,然后,用荞麦馒头般胖乎乎的手背抹了抹嘴。

5

天色已经完全黑了，忙碌了一天的男人们，把小方桌和蟹巴椅搬到场院上，一边吹着凉风，一边吃着泡饭。女人们则在一旁打着扇子，赶着蚊子。马钢慢悠悠地往家里走着，耳边仍回响着清脆的木屐声，心里甜丝丝的。他看到两个瘦得像青草一样的女孩在门口跳皮筋，清脆的笑声，一下子把他带回了昔日的时光。

他是什么时候开始喜欢田馨的，他已经记不得了。只记得小学六年级开学的前一天，他去学校报名，走到卫生院门口的一棵柿子树前，看到一个扎着马尾辫的女孩，正低着头在旁边的草丛里找着什么东西。她那双红色的布鞋，全被露水打湿了。从她身边走过的时候，他发现她竟然在小声地抽泣，眼泪将一撮头发沾在了脸上，便小声问，你丢什么东西了？她没有吱声。他以为她没听到，又重复了一遍。女孩这才抬头打量了他一下，着急地说，我的……报名费不见了。看到她无助的样子，他很仗义地说，你别急，我帮你找找。女孩哭着说，这钱是我妈昨天借来的，要是被人捡走了，我就读不了书了。他说，没关系，只要没出国，我就能找到。女孩没说什么，泪迹未干的眼睛里充满着期待。他们像工兵一样,低着头在女孩经过的路上,一点点地寻觅。可找一遍,一无所获。女孩蹲在地上,将头埋在膝盖上,呜呜地哭起来,肩膀一耸一耸的。他不知所措地抓了抓脑壳,想安慰她又不知如何安慰。过了一会,他说,你想想刚才把钱放在哪里了?女孩哭着说,裤兜里。他又说,你什么时候掏过裤兜?女孩想了一会说,我去河边洗手的时候,掏过手绢。他肯定地说,掉河边了。他们一路狂奔着跑到女孩洗手的地方,真的见到河面上漂着几张花花绿绿的钞票。他把湿乎乎钱交给她,她一个劲地谢他,他则学武侠电视剧里那样说,路见不平,拔刀相助嘛!说完,吹着口哨,加快了步子往学校走去。

第二天上课的时候,他竟然发现她是自己的同班同学,见到他,她粲然一笑,他也笑了,不过有一些不自然。渐渐地,他发现自己与她很有默契。比如,有一天,他穿了一条黑色的夹克衣,她也穿了黑色的毛衣。有一天放学的路上,他哼着《三百六十五里路》,发现她在后面,哼着同样的歌。还有一次,是星期天的早上,他去供销社买杏仁饼,她也在,他买了两块,她也买了两块……在一次次的巧合之后,他竟对她有了一种异样的感觉,再见到她,脸就会红,说话也变得结结巴巴。

因为许多男同学课间玩得很疯,上课的时候,一个个都成了花脸老虎,作为生活委员的田馨便跟班主任提议搞了个卫生角,还从家里拿来了毛巾。毛巾很别致,鹅黄色的底子上印了一颗颗鲜艳欲滴的草莓。那个星期天,马钢便开始实施自己的计划:带着好朋友陈一凡去河边捡废铁和酒瓶,忙活了一下午,一共卖了一块两毛钱,去供销社里买一条新毛巾。他把毛巾折好,像宝贝一样放在口袋里。陈一凡一脸不解地问,你买这个干吗?不如买两瓶汽水喝喝。他则神秘地说,天机不可泄露。陈一凡说,连我都信不过吗?他说,你知道什么人最危险吗?陈一凡摇了摇头。他故作深沉地说,知道得越多,就越危险。陈一凡虽然满脸好奇,但也不敢再打听了。当天夜里,天黑透了,他偷偷摸摸从家里出来,一路狂奔跑向学校,爬过长满青藤的围墙。一般人晚上是不敢来学校的,因为,日本鬼子曾在这里活埋了几百个平民,阴气很重。深夜的学校安静极了,茂密的冬青树在风中发出沙沙声,像是在窃窃私语。他朝四下里张望一会,掏出事先准备好的钢尺,准备打开教室的大门,但门缝太紧,他试了几次,都没能打开,急得直冒汗。他只好在麻石上将钢尺磨薄,刺耳的声音在走廊里回荡。门打开的时候,月亮也出来了,明晃晃的月光将他的影子投射到墙壁上。他换了毛巾,闻了又闻,有一股茉莉花的清香,那是每次田馨经过他身边时留下的味道。他在田馨的座位上坐下来,俯下身,闻了闻抽屉的味道,那里也有淡淡的茉莉清香。他的手碰到一支圆珠笔,便想给她写一句话。他想了半天,才歪歪扭扭地写道:"我喜欢你,你喜欢我吗?"写完之后,他的脸唰一下红了,他怕她明天看到了会生气,赶紧涂了起来。突然,一道黑影从他面前闪过,他心头一紧:难道像大家说的那样,学校里有鬼?他吓得汗毛都竖了起来,赶紧躲到桌子底下,屏住呼吸。这时,窗口传来一阵猫叫声,他这才长长地呼出了口气。

回到家,他把那块毛巾压在了枕头底下,过了一会,就进入了甜蜜的梦乡。他梦到和她一起出去玩,经过一片原始森林,她很害怕,紧紧抓住他的手。走着走着,出现了一只老虎,他想也没想,冲上去,就和老虎搏斗起来,三下两下,就把老虎打死了,还踢了它一脚,骂道,怎么这么不经打。她从口袋里掏出一颗大白兔奶糖,作为奖赏。他们继续往前走,走着走着,竟然到了学校,她赶紧松开手,一溜烟跑进了教室。他也装作什么事也没有发生,把手插在裤兜里,假装轻松地吹着口哨。

从那以后,每天上午的最后一堂课,他就不安分了,像运动员等待发令枪声一样,等待着下课铃声。只要铃声一响,就像箭一样冲了出去。老师还没走出教室,他就跑出了校门,从庄稼地里,抄了一条小路往前跑,遇到有沟渠的地方,就像只跳蚤一样跳过去。桥边上有一根电线杆,他就抱着电线杆往下滑。回家后,顾不得擦脸上的汗,随便夹了几筷子菜,托着饭碗,一溜烟就跑上了楼。他躲在窗后,睁大了眼睛看着楼下的街道,像一只在洞口等待老鼠的猫。因为,她每天都要从他家楼下经过。每当她一出现,他的心就狂跳不止;她一消失,他就怅然若失。

小学毕业后,马钢去了北京,跟着父亲做装修。再回到小镇,已经是六年之后了。六年时间,他长到了一米七,身子也变得结结实实,更重要的是他已经成了一个经验丰富的装修师傅了。他从北京坐了两天两夜的火车,到了县城,又在县城坐上了开往小镇的最后一班汽车。正是秋天,公路两旁的树叶都黄了,明亮而灿烂。他觉得车开得太慢了,恨不得一眨眼就到家。

到小镇的时候,天已经完全黑了,他大口大口地呼吸着熟悉的空气，心里有说不出的安静。在李记杂货店前，他买了包烟，找钱的时候，老板盯着他看了半晌，有些犹豫地问，你是不是小钢？他忙说，是啊，是啊！老板有些不安，从抽屉里拿了包相同的烟说，来，换一包。他这才明白原先那包是假的。老板叹了口气，不好意思地说，没办法，这年头钱不好挣啊！他心里虽然有些不痛快，但还是挤出了一丝笑容。

街道比以前更加狭窄。两边的房子挨得很近，这面的人打个嗝，对面的人也能听到。快走到家门口的时候，他的心突然就沉了下来，因为别人家里都开着灯，只有他家黑乎乎的，像一排牙齿中间突然掉了一颗。他以为奶奶不在家，便快走了几步。借着对面的灯火，他看到奶奶坐在堂屋里喝稀饭。6年没见，她更瘦小了，远远看去就像个趴在桌子上写作业的小女孩。马钢跨进门，她就警惕地问，找谁？马钢一听，笑着说，奶奶，我是小钢啊！说完，顺手拉了门框边的灯绳。灯光昏暗，家里的摆设和以前一样，仿佛他是昨天才离开家一样。他奶奶站起来，仰着头仔细打量了一番，眼眶里闪烁着欣慰的泪花，瘪了瘪嘴说，我家小钢长成大小伙啦！马钢故意带着埋怨的口气说，你怎么不开灯呢？他奶奶说，反正又不会吃到鼻子里去，干吗浪费电？现在电费贵得很呢！马钢这才发现她的牙齿全掉光了，心里一阵发酸。他奶奶关切地说，你肚子一定饿了吧，我去给你杀只鸡。说完，就拄着拐往后院走去。马钢说，不用了，我在县城吃过了。他奶奶将信将疑地问，真吃过了？马钢假装生气地说，奶奶，你还真把我当客人啦。说着拉开包，拿出在北京买的果脯和茯苓饼。他奶奶开始唠叨起来，你回来就好了，买这么多东西干吗？这样大手大脚地花钱可不行，还要成家呢。这成家啊，到处都要花钱的。现在的姑娘要求高得很，光礼金就要好几千块呢！说完，咂了咂嘴。马钢笑嘻嘻地享受完她的唠叨，问道，你身体还好吧？他奶奶叹了口气说，唉，这段时间，我老梦见你爷爷，我还以为见不到你了呢！你现在回来了，赶紧把婚结了，我跟你爷爷就有交代了。说完开始抹起了眼泪。过了一会儿，她突然想起什么了似的说，你一定累坏了吧，我给你铺床去。马钢说，你去歇着吧，我自己来。他奶奶却不理会，吃力地爬上了楼。

　　马钢走进自己的房间，立刻闻到了一股旧报纸的霉味，那些报纸像被烟熏过一般，变得黄。房间里的摆设还是原来的样子，但他却觉得空间狭窄极了，有一种喘不过气的感觉。他放下行李，走到书桌前，看了看压在玻璃下的老照片，一看，心就暗淡了下来。不知道是哪一天的雨水从窗户里溅进来，打湿了照片，很多照片都糊掉了，花花绿绿的，像画家用的调色板。他赶紧拿出小学的毕业照，这也是他拥有的唯一一张有田馨的照片。可是，这张照片也没有幸免于难，田馨的脸，像是被时光无情地抹去了。他心里一阵失落。他突然想起离家前，曾经把与她有关的东西，都藏在了床底的铁罐里的，赶紧俯身去找。铁罐还在，只是已经生锈了。他打开来，闻到了一股时光的气味，微微有些腥甜。她现在过得怎么样呢？想到这里，顷刻变得忧伤起来，他打开窗，点了支烟，注视着漆黑的小镇。在无边无际的漆黑中，灯光显得暗淡，像微小的萤火虫。寂静的小巷里，传来细碎的脚步声，那是高跟鞋在青石板上发出的清脆声响，不知为何，他总觉得那是田馨的脚步声。只是，他分不清是走近，还是走远。月亮从云朵里出来了，洒落在街道上的月光，像一地碎银。风吹在脸上，渐渐有了一些凉意，那是从时间深处散发出来的凉意。他心想，或许她早已经把自己忘记了吧。想到这里，就长长地叹了口气。他带着惆怅的情绪进入了梦乡。

第二天早上，他穿着拖鞋，背着手在街上闲逛起来。突然，有个人从后面拍了一下他的肩膀，他回头一看,见是一个胡子拉碴的男人,怀里抱着一个胖乎乎的孩子。孩子叼着奶嘴,睡着了。半晌,马钢才认出是老同学,绰号叫"九尾狐",赶紧递了支烟给他。九尾狐接了烟,夹在了耳根问,什么时候回来的?马钢说,昨天晚上,到家天都黑了。九尾狐说,听说你在北京挣了不少钱呢!马钢说,哪有的事?混口饭吃而已。九尾狐有些不快地说,你就别谦虚了,我又不会跟你借钱。马钢不想跟他谈论这个话题,便问,这是你孩子?九尾狐说,是啊,前几天刚满一岁。马钢想跟他打听打听田馨的情况,可又不知道该从何说起。这时,九尾狐怀里的孩子大哭起来,脸皱得像紧握的拳头。九尾狐有些愧疚地说,他发烧了,我要带他去打针,回头再去找你。马钢忙说,好的,好的。九尾狐一走,马钢一下子变得惆怅起来:六年没见,大家竟发生了这么大的变化,不知道田馨会有什么变化呢?

接下来发生的事情让马钢哭笑不得。关于他发财的谣言在小镇上越传越广,钱的来源说法不一,其中有一种说法最有传奇色彩:他在北京接了个装修的活儿,房子原来的主人是个贪官,贪污的钱不敢存银行,悄悄藏在了墙壁里,连对家人都没说。贪官被抓进牢房之后,妻子嫌房子晦气,便低价卖掉了。新房主觉得原先的装修过时了,找马钢来重新装修。马钢砸墙的时候,意想不到的事情发生了:一沓沓的百元大钞滚了出来,他整整装了一皮包呢!开始的时候,别人说起这事,马钢还一个劲儿地解释,可他越解释,别人越不信,到后来,他索性坦然一笑。本以为这样一来,谣言很快就会平息,可让他没有料到的是,接下来到他家来说媒的人络绎不绝。有一个媒婆一天竟然来了三次。他奶奶笑得合不拢嘴,他觉得不胜其烦,总说自己还小,要过几年才考虑。

一个星期天的下午,刚吃过午饭,天空就飘起小雨,马钢坐在门口,帮奶奶修藤椅。雨溅打着青石板路,发出幽暗的光泽。他一抬头,看到一个高挑的女孩的背影,从门口一晃而过。她打着碎花小伞,迈着细碎的步子,背影很像田馨,走路的姿势也像。不过,他不敢确定。这时,一阵风吹过,他闻到一阵茉莉花香,这香味儿如此熟悉。他喜出望外地喊,田馨!田馨!田馨!那女孩回过头,不解地看着他,他一脸尴尬,不好意思地道歉,对不起,认错人了,认错人了。天光越来越暗,雨越下越大,他觉得自己像一枚石子沉入了水底。他想起今天是6月1日,再有几天,就要高考了,田馨一直成绩那么好,应该会考上大学的。他们注定是两个世界的人,注定不会有结果的。一个大学生和一个小学生怎么可能走到一起呢?这简直是天底下最好笑的笑话。当天晚上,他就出去了,将那只视为宝贝的铁罐埋掉了。

过了几天,白万福和黄仙菊来了。马钢正和他奶奶吃午饭,黄仙菊一进屋,就在他对面坐了下来,一点没把自己当外人。他奶奶见白万福站着,便说,蔫白菜,快坐,别站着啊!说完,便去给他们倒茶水。这当儿,黄菊仙打量着马钢,脸上露出满意的微笑。他奶奶说,你们两个大忙人,今天怎么有空到我家来?黄仙菊叹了口气说,说出来也不怕您老笑话,我的那个宝贝丫头啊,这几天不吃不喝的,把我们折腾得够呛。他奶奶问,病了?白万福说,是啊,得了相思病了。他奶奶说,金凤是个好丫头呢,谁娶了她谁就享福了。黄仙菊说,不瞒你说,她就看上你家马钢了,非得逼着我俩来说亲。听到这里,马钢忍不住笑了,嘴里一口饭喷了出来。他奶奶有些为难地说,我家马钢还小哩!白万福插了一句,20岁了,不小啦。马钢问,是不是小学跟我同过班的白金凤?白万福说,是啊是啊,从一年级一直同班到六年级呢。白万福忙问,你对她印象怎么样?马钢沉默了一会,轻声说,我同意这门亲事。这一下,白万福心里乐开了花,笑得眼珠子都看不见了。黄仙菊却一脸镇定，得寸进尺地说，不过，话又说回来，结婚前要修一幢新房子才行。马钢这几年挣了几万块钱，正想修一幢新房子呢，便说，那是当然。

马钢家在溪槽村还有一块宅基地，他就把新房子修在了那里，房子一修好，就办了喜酒。但是，黄仙菊和白万福的如意算盘却打空了，他们以为找了个有钱的女婿，可婚后才发现，修完房子后，马钢就没钱了，连摆喜酒的钱都是借来的。可生米煮成了熟饭，想赖也赖不掉了。

说来也怪，马钢结婚后不久，他奶奶就病倒了。之前，她好像有预感，一直不肯搬到新房子去住。马钢和白金凤只好轮流照顾着她。她在床上躺了半个月，楝树果一般蜡黄的脸上，竟然有隐约的红光。马钢坐在床边上，拉着她的手说，奶奶，你今天气色不错，你的病很快就会好的。她觉得肚子饿极了，恨不得要吞下一头牛，急吼吼地说，快，快煮粥，皮蛋瘦肉粥。她说得太快，马钢没听清楚，迟疑了一下。他奶奶皱着眉头，着急地拍着床板，嘣嘣嘣，棉絮里的尘土在阳光里飞扬起来。她的样子很凶，跟平时判若两人。马钢只好跑到厨房去煮粥。他听到他奶奶不停地喊，你多煮点，我快饿死了，我要吃个够。马钢便又在锅里添了两把米。等到粥煮好后，他端到他奶奶跟前,一口一口地喂。他奶奶吃得很急,像急着去投胎似的。她一连吃了三碗,然后,一把夺过碗,狠狠地摔碎在了地上说,老娘这辈子再也不吃了。马钢觉得她今天的脾气特别怪,但也只能顺着她。他弯腰收拾碎碗,等他再起身时,发现奶奶已经永远闭上了眼睛。她的表情安详而满足,两只手搁在鼓鼓的肚皮上。煤炉上还炖着中药,发出噗噗的翻滚声。中药味儿在幽暗的房间弥漫开来,越来越浓,越来越苦……

处理了奶奶的后事,马钢带着白金凤去了北京。干了七年活,挣了差不多十万块钱,他们又回到了镇上。白金凤开了家杂货店,马钢则在镇上接点零星的活儿,小日子倒也过得有滋有味。可不知道为什么,白金凤一直没有怀上孩子。

6

田馨的人生,因为一次重感冒彻底发生了改变。她成绩很好,总是排在班上前五名,而她所在的县一中,高考录取率一直在百分之九十之上。高考的那几天,她患了重感冒,考试的时候昏昏沉沉的,最后竟趴在桌子上睡着了。她没能考上大学，让老师们大跌眼镜，他们建议她复读一年，可她却放弃了，因为她知道家里的条件不好，弟弟上高中了，光靠她大大在建筑工地上当小工的收入，肯定是捉襟见肘的。她给家里留了张纸条，一个人悄悄跑到了广东。

她在一家化工厂做工，一次意外，左脸被弱酸性浆料烫伤了。痊愈之后，她再回到工厂，却被告知已经被辞退了。她再去找工作，别人都躲闪不及，无奈的她回了家。那段时间，她整天待在家里不敢出门。她最害怕的事情，就是照镜子，因为她觉得自己变成了一个妖怪。可村里的闲妇们，有事没事总往她家跑。

她母亲看在眼里，疼在心里，打算帮她找个人家嫁了。最后，她母亲相中了一户人家。那家家里做运输的，家底还算殷实，唯一的儿子小时候得了小儿麻痹症，腿脚不利索。在她母亲看来，这不算什么大毛病，反正他家里有钱，又不需要下地干农活；况且小伙子长得一表人才，心地也好，见谁都一脸灿烂的微笑。对母亲的安排，田馨并没有反对，她觉得自己已经成了一个次品，没有本钱再去挑三拣四了。而且，这样待在家里，只是增加家里的负担，她于心不忍。两家人在镇上最好福满多饭馆吃了一顿饭，选好了日期，就把这事定了下来。

正当她母亲忙着帮她操办婚事的时候，一个意想不到的消息传来了：那个小伙子掉进河里淹死了。本来这事跟田馨搭不上边，可在闲妇们的嘴里，她就成了一个罪人。她们一致认定她克夫，谁娶她谁倒霉。时间过得很快，她弟弟考取了天津的一所大学，但是昂贵的学费让家人一筹莫展。这时，她又主动提出去县城的服装厂做工。

7月里一个星期六的傍晚，田馨下了班，急忙往县汽车站赶，她要坐最后一趟班车回家。发车的时间早就过了，可司机却迟迟不肯开车。乘客们不安起来，叽叽喳喳，俨然是一家茶馆。一个五大三粗的中年妇女对着售票员说，怎么还不开车，难道要留我们吃晚饭吗？一个抱着女朋友，瘦得像根长豆的小伙子恶狠狠地说，再不开车，老子就不买票了。一个留着山羊胡子的老头说，快走啰，人都坐满了，再上就要骑到头上了……等了半天，也没等到人，司机这才很不情愿地开动了车。

在县城做水电安装的白金龙也准备回家，到车站的时候，车刚刚开走，他就跟在后面一路追。他跑得上气不接下气，正准备放弃的时候，发现车在红绿灯路口停了下来。他又跑上去猛拍着车门，矮胖矮胖的售票员探出头，见没有交警，赶紧打开门，一把将他拉了上来。他运气很好，车上正好还有一个空位。他喘着粗气坐下来后，就用手理理被风吹乱的发型，拍了新鞋上的尘土，抖起了二郎腿。他拿了颗口香糖往嘴里塞，发现身边坐着一个似曾相识的女孩，便主动搭讪道，美女，你看起来好面熟。这是男人和陌生女孩搭讪常用的招数，田馨没有理他。谁知白金龙穷追不舍地问，你……是不是姓田？田馨有些惊诧了，问，你怎么知道？白金龙得意地说，你不认识我，但肯定认识我姐，她叫白金凤。田馨想了一会说，哦，是啊，我们是小学六年级的同班同学。可你怎么会认识我？白金龙这下来了精神，嬉皮笑脸地说，我比你低一年级，不过，我们班上有很多人都喜欢你，一下课，就趴在你们班的窗台上，偷偷地看你。他这一说，田馨的脸就红了。白金龙又问，你也在县城上班吗？田馨点了点头。白金龙问，哪个厂？田馨有些警惕地打量了他一下。白金龙说，我只是随便问问，你要是不想说就算了。田馨说，丽日服装厂。白金龙说，那真是太巧了，那个厂里的水电是我跟我师傅安装的。田馨笑了笑，没有说什么。这时，售票员过来了，白金龙赶紧抽出崭新的百元大钞说，两张。田馨赶紧掏出钱包说，不用了，我自己买。白金龙说，下次你请我不就行了？田馨也就不好再说什么了。白金龙叹着气说，我现在还是光棍一条，你们厂里有很多女孩，要不给我介绍一个吧？田馨微微一笑说，你想找什么样的女孩？白金龙用火辣辣的目光盯着她说，就找你这样的。田馨有些生气了，别过脸，咬着嘴唇，看着窗外。

白金龙没想到这么多年过去了，还能遇到当年的校花，这简直是上天给他的恩赐。车子摇摇晃晃，连续加了几天班的田馨疲惫不堪，不一会儿就睡着了，车一转弯，她就倒在他肩膀上。白金龙闻着她头发里散发出来的淡淡的茉莉花的香味，暗暗地想：要真能把当年的校花追到手，该是件多有面子的事情啊！

第二天下午，一吃完饭，白金龙就跑到汽车站门口打台球了，边打边看着街道上来来往往的人。田馨终于出现了。她拎着一袋米，走不了多远，就要停下来休息一下。原来，为了省钱，每个月她都要从家里带25斤米。白金龙赶紧放下球杆，扔了两块钱在桌子上，跑到她跟前说，真巧啊！田馨见到他的样子，笑了，因为他头上打了太多的发油，头发贴在头上，像是顶了一块瓦片。白金龙说，我帮你拿吧。田馨说，不用了，我拿得动。话还没说完，白金龙就一把抢过袋子，然后甩在了背上，看上去活脱脱像个逃荒的。

这之后，又发生了许多巧合。田馨每周回家，都能碰到白金龙，他也总是会给她占一个位置。那天，车开到半路的时候坏了，司机趴在车底下修车。乘客们都下了车，焦急地等着。白金龙听到田馨的肚子发出咕咕的响声，知道她饿了，便跑到路边的村子里去买面包和矿泉水。当他满头大汗地跑回来，把食物递给田馨的时候，她吃惊地说，你怎么知道我饿了？白金龙则贫嘴地说，你猜我是属什么的？田馨说，你应该是属羊的吧。白金龙说，不对，我是属蛔虫的，还是你肚子里的蛔虫。田馨羞涩地低下了头。

车到小镇的时候，天已经完全黑了。田馨像往常一样睡着了。白金龙轻轻推了推她说，到站了。田馨一边打着呵欠，一边下车。白金龙凑上前说，要不要我送你回家？田馨忙摆着手说，不，不用了，不用了。我经常走夜路，不怕的。说完，快走了几步。

街道上灯火明亮，可一出街，就像是被蒙上了一块黑布。无边无际的黑暗中，只有萤火虫在闪烁。田馨独自走在高低起伏的小路上，心里有些忐忑不安，便唱着歌给自己壮胆。走到一片小树林时，她总觉得后面有人，不停地往后面看。突然听到有一个沙哑的声音说:"还我命来,还我命来……"田馨以为是幻觉,赶紧快跑了几步,正在这时,从一棵大树背后,蹿出了一道黑影。她吓得尖叫起来。谁知那黑影竟开怀大笑起来,然后得意地说,还说不怕?田馨听出是白金龙的声音,感觉自己的脸烫得厉害。白金龙的阴谋得逞了,顺理成章地当起了护花使者。田馨没有再拒绝他,只是他们之间相隔了大概有半米的距离。

走到一间废弃的房子时,白金龙又开始吓唬她,他说,小时候,我跟外婆经过这里,你猜我看到了什么?田馨说,什么?白金龙说,是鬼火。他这么一说,田馨就吓坏了,身子往白金龙这边挪了挪。他们继续往前走,来到一片池塘,池塘里传来青蛙的呱呱声。白金龙又编了一个故事吓唬她。他说,我妈说有一个杀猪佬,喝得醉醺醺的,半夜里从这里经过的时候,看到水面上有一个圆乎乎的东西。他打开手电一看,你猜是什么?田馨好奇地问,是什么?白金龙说,是一个人头,披头散发的,可吓人了。田馨听完,吓得气都不敢出了,脑海里浮现的全是披头散发的人头。

经过一片树林时,树林里发出哗啦啦的风声。白金龙灵机一动,又开始胡编了。他说,这个地方最吓人了。

月初这里刚添了座新坟,你知道那个人是怎么死的吗?田馨吓得腿都发软了,用颤抖的声音说,你,你别说了。白金龙却不肯罢休,说,那家伙喝醉了酒,倒在马路中间,就睡着了,卡车就直接从他身上轧过去了。这下,田馨彻底吓坏了,白金龙感觉到一只无助的手伸了过来,他捏着她柔软的小手,心里有说不出的得意。

到了东门圩,田馨松开了手说,今天谢谢你了,然后往村子里走去。白金龙走了小一段,突然转过身朝她喊,我喜欢你。田馨什么也没说,一路小跑着进了村子。

接下来,白金龙开始对田馨穷追不舍。下班的时候,他就会守在工厂大门等她,说要带她上大排档吃晚饭。开始的时候,她总是拒绝他;可有一天,她终于不忍心拒绝,接受了他的邀请。渐渐地,她对他有了好感,因为他爱开玩笑,跟他在一起很开心,她觉得自己渐渐走出了心里的阴影。那段时间,厂里的订单少,不用加班,晚上的时间就显得漫长而无聊了。也正是在这段时间,他们的关系突飞猛进。他们一起去逛灯光夜市,去公园里溜冰,去唱卡拉OK。白金龙能感觉到她的微妙变化,比如他抽烟的时候,她会劝他,少抽点,对身体不好,这说明她开始在意他了。这让他很有成就感。

有一天晚上,他送她回厂。街上没有什么人了,路灯投下孤寂的光芒。快到厂门口时,她突然对他说:我觉得我们以后还是不要见面了。白金龙一点心理准备都没有,不解地问,为什么?田馨一下子不知道怎么回答,将覆盖在左脸上的头发掀开,露出一块硬币般大小的紫色疤痕,又把工伤的事情跟他一一道来。白金龙听完,沉默了一会,坚定地说,你放心,只要我在,就不会让再你受任何伤害。田馨本以为自己会把他吓跑,没想到他竟然说出这种有情义的话来,心里自然是暖融融的。不过,她仍然不敢接受他,摇着头说,不行,不行,你家里人不会同意的,我们不可能在一起。白金龙激动地说,管他们干吗,我喜欢你,是我们两个的事,关他们屁事?说完,又盯着她的眼睛含情脉脉地说,相信我,好吗?田馨听到这里,心彻底融化了,幸福的眼泪止不住地哗哗掉下来,白金龙一把将她揽在怀里。

7

白金龙深知打铁要趁热的道理,交往了两个多月,便提出去见她的父母。正好遇到厂里的淡季,要放一个星期的假,她便答应了。白金龙换了一身新装束,去理发店吹了个发型,又在县城称了几斤新鲜水果,忐忑不安地去了田家。一路上他都在玩着朗声打火机,打开又关上,打开又关上,发出嘎嘣脆的金属声响。进门之前,还不忘记理了理自己的头发。

让他没想到是田馨的父母都很客气,看他的时候,目光里充满了欣慰和温柔,尤其是她母亲,又是倒茶,又是拿瓜子。中午吃饭的时候,她母亲还特意从隔壁邻居家借来了一只吃面的海碗,给他盛了堆尖一碗饭。白金龙笑眯眯地接过来,一边吃,一边不住称赞菜的味道好,嘴巴上像是抹了蜂蜜。吃着吃着,他觉得饱了,可碗里还有小半碗,心里暗暗想,第一次来就剩个饭碗头自然是不好的,于是,松了松皮带,往碗里倒了些汤,又吃了起来。吃完之后,感觉肚子胀得快要爆炸了,但他还是笑嘻嘻地说,阿姨,你做的菜太好吃了,我这一辈子没吃过这么好吃的饭菜。田馨的母亲笑了笑,还要给他盛饭,他忙摆着手说,阿姨,不用了,我吃饱了。田馨的母亲说,你可千万不要客气,虽然没有菜,饭总要吃饱的。他笑了笑说,真饱了,你要是再盛的话,只能用棒槌来塞了。田馨的母亲也就不再勉强了。看到他嘴唇吃得油腻腻的,田馨递了张纸巾给他。他从兜里拿了一包事先准备的中华烟,毕恭毕敬地递给田馨的大大,田馨的大大接过来,闻了闻,笑眯眯地说,这么好的烟,我还有点舍不得抽呢!

让白金龙感到意外的是,田馨的母亲竟然还要留他吃晚饭。与午饭不同,晚饭用的碗是最小的汤碗,他三口两口就吃完了,感觉刚够塞满牙缝,肚子里空空荡荡。田馨的母亲要给他盛饭,他又说,不用了,饱了。田馨的母亲说,你千万莫要客气呀!白金龙笑了笑说,我真吃饱了。田馨的父母相视一笑,在他们看来,白金龙是个忠厚之人,而且能屈能伸,把女儿托付给这样的人可以放心了。

三天之后,白金龙带田馨回家见父母,本以为他们会高兴得合不拢嘴,没想到却遭到了一致反对。白金龙以为用绝食的方法可以吓倒他们,可他们根本不理会,好像早就看穿了他的把戏似的。他想起以前在报纸上看过用跳楼的方式讨薪,于是心生一计,在傍晚时分往白酒瓶倒满了凉开水,爬上了自家的屋顶。他以为这样母亲就会妥协,谁知道她连眉头都没有皱一下。正当他的计划要泡汤时,一场及时雨帮了他的忙:他把淋湿的衣服脱下来,拧了一把。他大大看到从落水管里流出来的水是红色的,以为他割了手腕，吓坏了。其实，那淌下的鲜红雨水，只是因为他穿的红T恤质量太差，一淋雨，就掉了色。

不管怎样，白金龙最终还是把田馨娶进了家门。结婚的第二天上午，田馨睁开蒙眬的睡眼，看到陌生的屋子，竟有一种不知身在何处的感觉。她揉揉眼睛，看到白金龙抱着枕头睡得正酣，才真切地体会到身份的改变，她现在已不再是女孩了，而是别人的媳妇了。突然间，她有一丝心慌，感觉就像还没来得及认真复习，就要参加期末考试了。她起了床，但却害怕一个人下楼，找了本杂志来打发时间。十点半，黄仙菊终于忍不住来敲门了，敲了几下，又用怪怪的语调说：起来没？要不要把早饭给你们端上来？田馨忙说，阿姨，不用了，我们马上下来。说完之后，才想起从现在开始，不应该喊阿姨，应该喊姆妈了。她心里有些不安，担心黄仙菊会生气。

白金龙还不肯起床，她只好独自下了楼。白万福正在理菜，她轻轻地喊了声"大大"，喊这两个字时，她喉咙里像是卡了根鱼刺。白万福笑呵呵地应了一声，然后问，金龙呢？田馨说，他还没起来呢。白万福说，不管他了，你先吃早饭吧。说完，起身从碗橱里拿出两只盘子，一只盘子里放着两根油条，放的时间久了，软耷耷的，另一只盘子里是昨晚吃剩的菜,有几块猪耳朵、几块红烧鸡,还有几块油豆腐。等田馨洗完脸,桌子上又多了一碗温热的白粥。

田馨吃完之后,洗了碗,看到白万福在厨房里切土豆丝,黄仙菊在旁边吃黄瓜。田馨觉得过意不去,便说,大大,要不要帮忙?白万福忙说,不用了,不用了。黄仙菊听了这话,撇了撇嘴说,你个老猢狲,一点都不懂事。难得人家一片孝心,你还不领情?白万福说,厨房到处都是灰,把新衣裳弄脏了就不好了嘛。黄仙菊用脚踩了他一下,他才转过弯来,忙改口道,尝尝媳妇的手艺也蛮好的、蛮好的。边说,边把围腰解下来递给田馨。白万福准备去灶膛烧火,黄仙菊就扯着他的衣袖出了厨房。昏暗的厨房里只留下了田馨一个人,她倒也没有介意,她从小就干惯了活,一边炒菜,一边烧火,不一会儿就忙得满头大汗。

她听到黄仙菊和白万福在场院上嘀嘀咕咕。白万福说,我还是去帮她烧烧火吧!黄仙菊说,你敢去,老娘打断你的狗腿。白万福说,结婚第二天就让她干活,不太好吧?黄仙菊不屑地说,你脑子里装的是豆腐渣啊!娶个媳妇就是干活的,你还要把她当菩萨供起来不成?白万福便不吭声了，他抓了把谷子，撒在场院上，喂起了鸡。

吃午饭的时候，白金龙才起床。菜上齐后，黄仙菊先拿筷子一一尝过后，开始评头论足。她说，这土豆丝炒得有点生，这个鸡蛋打得不够散，肉丝还要切得细一点，这青菜嘛，油放得太多了，炒两份都可以了。每说一样，田馨就点一下头说，姆妈，我下次记得了。白金龙听不过去，出来打圆场说，我觉得蛮好吃的嘛，比大大做得好吃多了。白万福说，是啊，是啊，我看达到三级厨师水平了，不对，四级的水平了。白金龙不屑一顾地说，你不懂就别瞎讲，厨师哪有四级的？黄仙菊一脸不快地说，吃个饭，哪来那么多屁话。大家都不吭声，低头吃着饭。田馨做的饭菜确实好吃，吃到最后，连碗里的汤汁都没剩下。吃完饭，白万福准备收碗。黄仙菊赶紧说，老头子，我肩膀酸，你过来帮我揉揉。白金龙跷着二郎腿，抽起了烟。田馨起身收碗，黄仙菊则露出胜利的微笑。

又过了几天，一家人在吃早饭。早饭很简单，在昨晚的剩饭里掺了水，又加了一些菜叶子煮了一大锅，下饭菜则是一块红豆腐、几块萝卜干。吃到一半的时候，白金龙的师傅打来了电话，说是在上海接了工程，要白金龙去帮他，工资要是在县城的两倍。看着新婚的妻子，白金龙满是不舍,便跟他师傅说,再考虑考虑。黄仙菊看到他犹犹豫豫的样子,就骂开了,考虑个屁啊?有钱不挣,你是十三点啊?白金龙说,去了上海就不能常回来了,车费很贵的。黄仙菊说,这种好事,不是每天都能遇到的,过了这个村,可就没这个店了。白金龙说,要去你去,反正我不太想去。黄仙菊气得鼻子都歪了,训斥道,瞧你那没出息的样子,一家人都不出去挣钱,喝西北风啊!现在是夏天,连西北风都喝不到。白万福附和道,你妈说的有道理呢!白金龙说,我在县城又不是挣不到钱,要那么钱干什么?够用就好了嘛。黄仙菊说,现在家里的负担那么重,你那点钱只够买点糙纸擦擦屁股。田馨在旁边,一声不吭。白金龙征询她的意见,她忙说,我,我,我没意见。黄仙菊阴阳怪气地说,你以前不是这个样子,成了家怎么变得这么没出息,一点主见都没有,像个娘们似的。白金龙沉默了半晌说,好了,好了,我去!黄仙菊的脸色马上由阴转晴,笑着说,这就对了嘛!说完,把碗递给田馨说,再盛半碗。

临走的前一天晚上,正是月圆之夜,胖乎乎的月亮,像是怀孕了一般,素净的光芒,透过薄纱的窗帘,照在大红的婚床上,光溜溜的田馨楚楚动人,像绣在红绸被面上的一朵白牡丹。白金龙抓紧时间趴在田馨身上做功课,一连做了三次,终于累了,头一歪,睡着了。田馨睡不着,睁大了眼睛,看着如水的月光,突然觉得自己不是睡在床上,而是被遗弃在了荒凉的山谷里。想着以后夜夜都要与这寂寞的月光相伴,不禁泪流满面。白金龙在睡梦里隐隐约约听到了哭泣声,睁开惺忪的睡眼,见田馨在哭,忙问,老婆,怎么了?她忙转过头说,没,没什么。白金龙一摸枕头,全湿了,竟然笑了,有点得意地说,是不是舍不得我走啊?她紧紧地抱着他说,我怕。白金龙说,傻瓜,怕什么?田馨不说话,只是哭,声音很轻。白金龙劝了几句,终于有些不耐烦了,说,这大半夜的,你哭什么?我又不是不回来了。田馨忙捂住他的嘴。白金龙一脸坏笑,摸了摸她白花花的奶子,骑在她身上,还想再做一次,却被田馨推开了。他有些沮丧,起身,靠在床上点了支烟。她觉察到了他的不快,温柔地说,别太累了,明天还要赶车呢。然后,将头轻轻搁在他的胸口说,你要早点回来啊!

8

白金龙去上海后,田馨马上就感觉到了不适应。比如洗浴就是个大问题。白家用的是浴锅,跟炒菜的铁锅相似,只是大两圈而已。洗浴之前,先在里面放满水,水烧热后,人就钻到锅里,感觉就像是煮白斩鸡一样。在洗浴的顺序上,也是有规矩的,先是男人洗,再是女人洗,在他们看来,女人肯定要比男人脏。那天,田馨在家打扫卫生,出了一身汗,觉得身上黏糊糊的,便准备洗浴。黄仙菊和白万福打完麻将回来时,她正在烧汤水,白万福说,你要洗浴啊?正好我也有好几天没洗了,都快成泥菩萨了。黄仙菊也说,去,帮我拿衣服来,我身上也痒得很。白万福先洗,黄仙菊等得不耐烦了,一个劲儿地催道,老猢狲,你在燂猪毛吗?等到他们洗完之后,汤水已浑浊如同泥浆了。田馨准备重新换水,她刚拿起水瓢,黄仙菊就冲了进来,责问道,你这是在干什么?田馨说,我……重新……烧锅水。黄仙菊气急败坏,叉着腰说,为什么要重新烧?是不是嫌我们脏?田馨忙说,没,没有的事,怎,怎么会呢。黄仙菊摇了摇头说,我看你们这些小年轻啊,就是以前没吃过苦。要知道,以前在大队里的时候,一锅水，要洗一村人的。田馨默默地听着她的教诲。黄仙菊吐了口痰，接着训斥道，一个人洗一锅水，我活了这么多年，还从来没听说过。你难道比别人高级吗？被她这么一说，田馨的脸红得像个西红柿，委屈的眼泪不争气地滚落了下来。白万福跑过来解围，算了算了，年轻人爱干净，费点稻草不怕的嘛。黄仙菊阴阳怪气地说，哟哟哟，你说得倒轻巧，你家是开银行的吗？要是大手大脚惯了，就是金山银山也要吃空的。田馨咬了咬嘴唇低声说，姆妈，我洗。黄仙菊不再说什么，使劲拉上门，出去了。

洗完浴之后，她开始洗自己的衣服，黄仙菊抱了一堆衣服扔在了她旁边。田馨没有吱声。过了一会儿，黄仙菊不知道又从哪里找了双袜子出来，袜子奇臭无比，简直像两只死老鼠，田馨皱了皱眉头，屏住呼吸，在搓衣板上搓了起来。等到田馨晾完衣服，黄仙菊又不高兴了，她拿了几件湿衬衣过来说，你这是洗的什么衣服？自己的衣服洗得干干净净，我们的衣服洗得那么马虎，连鼻头眼睛都看不出来了。田馨想申辩，但还是没有吱声，咬了咬嘴唇默默地接了过来。

黄仙菊则坐在门口的蟹巴椅上，卷起裤脚管，跷着二郎腿。她一边剥着菱角，一边和刚淘完米的红娟聊天。

<< 没有人知道

红娟神秘兮兮地说,听说没有?龙平镇上出人命了。黄仙菊说,哦,谁家?红娟说,喏,就是经常在桥背上卖洋红的那个李驼背,你认识吗?黄仙菊说,当然认识啊!红娟叹了口气说,唉,他苦了一辈子,终于熬出头了,女儿嫁人了,儿子也成家了。可不知道上辈子造了什么孽,昨天回家的时候,竟然发现儿子倒在床边上,死了,嘴里满是泡沫,才23岁啊。说着,咂了咂嘴,表示惋惜。黄仙菊说,是怎么死的呢?红娟说,那些公安还真不是吃素的,到他家一看,就知道是吃了老鼠药。黄仙菊吃惊不小,自己吃的?红娟说,不是,是别人下的药。黄仙菊说,谁这么歹毒啊?红娟没有马上回答她的问题,感叹了一句,都说女人是祸水,我看真是一点不假。黄仙菊说,是他老婆下的药?红娟说不是。黄仙菊说,那又会是谁?红娟说,你猜都猜不到,是他姐夫。黄仙菊吃惊不小,说,姐夫?红娟说,他老婆是个妩媚的人,和他姐夫勾搭上了,被他撞见了,他姐夫就起了杀心。黄仙菊咂了咂嘴说,这是什么世道啊?红娟说,这还不算,差点就让这对奸夫淫妇跑了。黄仙菊说,那后来怎么抓到的呢?红娟说,这个我也不知道,反正他们正准备上火车呢,就被警察逮住了。黄仙菊摇了摇头说,李驼背真是太可怜了。红娟说,是啊,

还生了个细佬（小孩），不知道是谁的种呢！然后，又压低了声音说，我看，你也得看紧点才行。她这么一说，黄仙菊的脸上立刻愁云密布。

  白家的房子是两层小楼，田馨住在楼上，黄仙菊和白万福住在楼下。每次说到这房子，黄仙菊就有一脸说不出的得意，因为她出的妙招，修房子没花自己一分钱。她刚嫁来那会，白家只有两间盖稻草的土坯房，还是白万福的爷爷修起来的，房子很矮，一伸手就可以摸到横梁。有一天，乡里来了两个工作人员，说要修一条公路，按规划要从他门口经过，准备拆他家的房子。这是个千载难逢的好机会，黄仙菊便狮子大开口，说要让政府给她修一幢三层楼房。而按照规定，只能修两间平房。双方都不愿意妥协，最后，县里的交通局修改了图纸。黄仙菊懊悔不已。又过了两年，来了一场更大的洪水，白家的房子被淹掉了，他们住到红娟家的走廊里。别人都以为黄仙菊会愁眉苦脸，谁料，她竟然像个没事人一样。一天半夜，白万福爬起来自己把房子拆了。黄仙菊则跑到乡政府去诉苦，门卫不让她进门，看着乡长骑着自行车进来，她马上躺在地上又哭又闹，还拿出一根麻绳，准备上吊。她这一闹，还真有用，乡里果然出钱给他们修了一幢安置房。

听了红娟的话后，黄仙菊生怕田馨半夜里偷偷跑出去跟别的男人幽会。寻思了半天，终于有了个主意。半夜里，等大家都睡着了，黄仙菊偷偷爬起来，在楼梯上倒立了三个酒瓶子。有一天晚上，她睡得正香，听到啪的一声脆响，立马就醒了，于是蹑手蹑脚地爬起来，光着脚出去查看。走到楼梯口，听到了一声猫叫，她悬着的心，终于放了下来。接下来的几天，她都有些神经质，一天晚上，她又听到了瓶子的响动声，嗖一下坐起来，才发现原来是个梦。再这样下去，她恐怕要疯掉了。好在没过几天，田馨提出要去服装厂上班，黄仙菊想也没想就答应了，在她看来，服装厂里全是女工，她终于可以睡安稳觉了。

田馨每星期回来一次，一回来，黄仙菊的每根汗毛都变得紧张起来。田馨一般不出门，有一天晚上突然提出要回娘家，黄仙菊就起了疑心，心想：狐狸的尾巴终于露出来了，老娘今天就拆穿你的鬼把戏。田馨前脚刚出门，黄仙菊后脚就跟了出去。白万福问，这么晚，你要去哪里？黄仙菊说，我……我……去红娟家。田馨听到后面有脚步声，一回头，黄仙菊赶紧在草垛后面猫了起来。出了村子，没有什么遮拦，黄仙菊故意放慢了步子，和她保持着距离。一颗小石头钻进鞋子，田馨弯腰，倒了倒鞋子。

黄仙菊一慌，赶紧在黄豆地里埋伏起来。过了好一会儿，黄仙菊才探出头，看到田馨走得有点远，赶紧爬起来，快走了几步。在路上，见到一个熟人，黄仙菊赶紧背过身去。幸好，那人喝得醉醺醺的，没认出她来。她一路跟踪，直到田馨敲开了娘家的大门，她这才松了一口气，理了理衣衫，回家了。

回到家，她看到白万福坐在蟹巴椅上抽烟，脸黑如铸铁。他责问道，去哪儿快活啦？他已经很多年没用这种口气跟黄仙菊说话了。黄仙菊有些心虚地说，你吃错药了吗？不是跟你说去红娟家了吗？白万福说，你以为我会相信你的鬼话吗？你头发上怎么还有稻草呢？膝盖上怎么全是黄泥？黄仙菊说，你不相信拉倒。白万福冷笑了一下说，红娟刚才还来咱家借花露水呢！黄仙菊知道这事隐瞒不了了，便把跟踪的事一五一十地跟他说了。白万福听完忍不住骂了一句神经病。黄仙菊说，你懂个啥！俗话说，不怕一万，只怕万一。要是真出点什么事，我们怎么跟儿子交代？

黄仙菊本来想把这事烂在肚子里，可过了几天，白金凤回娘家蹭饭，黄仙菊还是忍不住说了。白金凤是个大嘴巴，回家后又把它当成笑话告诉了马钢。马钢正在喝茶，听完事情的经过，气得咬牙切齿。他紧紧地捏着茶杯，仿佛要将它捏碎。白金凤看着他的怪异表情，不解地问，你不觉得好笑吗？马钢真想痛痛快快地骂上几句，但他话到嘴边，最终还是咽了回去，淡淡地附和道，亏她想得出来！

9

蚕豆花开的时节，田馨的肚子渐渐大起来了，黄仙菊的态度也完全变了。原本见到田馨总是像仇人似的，拿着放大镜也不可能在她脸上找到一丝笑容，现在却笑得像个裂开的石榴。家里的杂事，一点也不让田馨碰。有一天，田馨正准备去河边洗马桶，被黄仙菊碰到了，便大惊小怪地叫道，我的天，你怎么还要去河边？万一滑倒了可怎么办？说完，就冲上来要帮田馨去洗。田馨哪里好意思，忙说，没事的，我能行。黄仙菊急了，扯着嗓子吼，你这孩子怎么这么不懂事？怎么这么不听话？快回去歇着。田馨实在拗不过，只好把马桶递给了黄仙菊。她从来没有享受过这样的待遇，看着黄仙菊胖乎乎的背影，心里很不踏实。

到了腊月，田馨从工厂里请了假，安安心心地在家里安胎。她闲着无聊，就到镇上买了白毛线，给白金龙打毛衣；打完了毛衣，还剩了一些线，又打起了围巾。黄仙菊变得出奇地大方，让白万福烧了一只煤炉，不间断地给田馨炖补品，什么砂仁肘子、葡萄干粥、阿胶鸡子粥之类的，只要听别人说对胎儿有好处的东西，她就会毫不犹豫地买回来。可是那段时间，田馨的胃口出奇地差，见到黄仙菊端着碗进来，就忍不住皱眉头。每次，黄仙菊总要看着她吃完方肯罢休，有一回，她吃了一口砂仁肘子，就再也吃不下了。黄仙菊见她不动筷子，忙说，快趁热吃啊！田馨摇了摇头说，姆妈，我吃不下了。要是在以前，黄仙菊肯定会火冒三丈，把田馨骂得钻床脚，可这会儿，她脾气出奇地好，红扑扑的脸蛋就像糖葫芦，上面裹了一层层的糖浆。她细声细气地说，这么好的东西，你怎么就不吃呢？田馨为难地说，我肚子里胀得很，什么都不想吃。黄仙菊依然笑眯眯地说，你怎么这么不懂事？你不吃，孩子要吃的嘛。来，再吃一口。说完，竟拿起筷子要喂她。田馨见状，忙说，我，我自己来吧！等她吃完肘子，感觉肚子里翻江倒海地难受，吐了一地。她刚要去擦，黄仙菊马上制止住她，扯着嗓子喊，老头子，你死哪里去了？快拿拖把上来拖地。等他们出去之后，田馨一个人躺在床上，看着阴沉的天空，想着怀孕前后截然不同的待遇，突然有一种前所未有的凄凉，心头一酸，眼泪就流了出来。她听到楼下一阵喧闹，叽叽喳喳的，听声音是白金凤来了。她不想见任何人，于是假装睡着了闭上了眼睛。她听到黄仙菊带着白金凤上了楼，轻轻推开门，见她睡了，又轻手轻脚地下去了。让田馨没想到的是，她竟然真的睡着了，醒来时已是深夜，窗外是呼啸的北风，门哐当哐当的，像是有人在敲门。她感觉手脚冰凉，起身灌了个汤婆子。她再也睡不着了，心里暗暗计算着白金龙还有多久回来。突然，她看见窗外似乎有个黑影，她害怕极了，赶紧钻进了被子。

腊月二十八午饭后，田馨像往常一样午睡。她睡得正香，感觉有一只砂纸般粗糙的手正在摸她的肚子，睁开眼一看，竟是白金龙。她盯着他看了看又看，埋怨道，你回来怎么也不打个电话到红娟阿姆家？白金龙笑着说，我故意不打的，就想给你一个惊喜。她看着他，心疼地说，你瘦了。白金龙说，还说我，你不也是吗？我听妈妈说，你胃口不好，吃得比猫还少。她说，我也不想这样，可老觉得肚子里胀得很。白金龙把脸贴在她的肚皮上，她感觉到一阵刺人的凉意。白金龙听听里面的动静说,你说你肚子里怀的是儿子还是女儿?她说,痴鬼,我怎么会知道。白金龙说,如果这家伙老踢你肚子,肯定是调皮的儿子。她有些失望地说,看来你还是想要个儿子。这时,楼梯上传来了踢踢踏踏的脚步声,黄仙菊端了一碗热气腾腾的油豆腐粉丝汤上来了。她递给白金龙的时候,还不忘问田馨,你要不要来一碗?田馨说,不用了,我饱得很。白金龙像饿死鬼投胎一样,吃的时候,发出呼啦呼啦的声音。黄仙菊在床上坐下来,问白金龙,今年挣了多少钱?白金龙抹了抹嘴说,一万三千八。黄仙菊马上说,我去帮你存了吧,明天邮局就不上班了。白金龙拿过背包,在里面摸了摸,突然大叫道,不好了,钱不见了。黄仙菊差点吓晕了,一把夺过背包。白金龙大笑着说,看把你紧张的。钱怎么可能放在包里呢?说完,从衬衣口袋里拿出一沓百元大钞,递给她说,喏,都在这里了。黄仙菊瞪着眼睛说,你这个十三点,差点把老娘吓死了。说完,手指在嘴唇上蘸了蘸口水数了起来,数完一遍,对着阳光,一张张地辨别真伪,然后又数了第二遍,质问道,怎么只有一万三?白金龙说,我身上总要放几百块的嘛!黄仙菊说,那你要省着花。俗话说"挣钱如同针挑土,花钱像是浪推沙啊"！白金龙不耐烦地说，我又不是小孩子，真是的。黄仙菊这才心满意足地下了楼。

孩子是在大年初八早上出生的，因为生下来刚好六斤，小名也就叫了六斤。白家添了个大胖小子，这本来是件皆大欢喜的事，可事实并非如此。

先说白金凤和马钢，他们来看六斤时，六斤睡得正香，两只小手举着，像是个小小的俘虏。马钢心里有一种错觉，觉得自己是孩子的大大。黄仙菊说孩子眼睛长得像田馨、鼻子长像白金龙的时候，他竟然有些嫉妒。他瞥了一眼田馨，她一脸疲惫。待了半个小时，白金凤提出要回家，白万福要留她吃饭，她一口回绝了。一路上，她一句话也没说，回到家，就趴在桌子上哭开了。马钢不解地说，大过年的，你哭什么？白金凤不理他。马钢说，小龙得了个胖小子，你应该高兴嘛！白金凤说，人家都有孩子，就我没有，我的命可真苦啊！马钢沉默了一会说，我，我又没怪你。白金凤抽泣着说，你越不怪我，我心里越难过。马钢说，要不，我们去领养一个？白金凤摇着头说，不一样的，毕竟不是自己的亲生骨肉，养不熟的。马钢安慰道，不要哭了，没孩子就没有负担，日子过得更好。他这么一说，白金凤真的不哭了说，你真的这样想？

马钢说，当然是真的，有假包退。白金凤抹了抹泪眼，笑了。

白金龙也高兴不起来，因为按照原来的计划，过了正月十五他就要去上海了，可他现在不想去了。吃晚饭的时候，黄仙菊顺口问，你几号动身？家里也没什么东西拿得出手的，我叫你大大准备几只风鸡，孝敬一下你师傅，不要让别人说我们不懂礼数。白金龙吞吞吐吐地说，我……不，不想去。黄仙菊一听，啪一下把筷子一摔。摇篮里六斤吓哭了，田馨马上过去哄她。黄仙菊气得眼珠子都要掉出来了，大声命令道，你先把孩子抱到楼上去。白万福在一旁劝道，大过年的，不要那么大火气。有话慢慢讲，慢慢讲嘛！黄仙菊板着脸，俨然像是在审犯人。她说，我问你，是不是你老婆在枕头边给你吹的风？白金龙说，你瞎讲什么！跟她没关系，是我自己的主意。白万福附和道，小龙的心思，也是可以理解的嘛！黄仙菊呵斥道，你给老娘闭嘴。然后，她继续教训白金龙，你别以为你成家了，就不得了了。我跟你说，只要老娘还有一口气，这个家里就得老娘说了算。白金龙说，我想等六斤大一点再出去。黄仙菊说，孩子交给老娘，你还不放心？白金龙说，不是放心不放心的问题。黄仙菊说，我也不跟你废话了。反正,你去也得去,不去也得去。白金龙见黄仙菊这么固执,就抛了句狠话,要去你自己去,反正我不去。黄仙菊闭了闭眼睛,轻声说,我问你最后一遍,你去,还是不去?白金龙说,好话不说两遍。黄仙菊气得直哆嗦,跑到卧室里找了根麻绳,又拎了张方凳,冲出了门。她来到榆树下,爬上方凳准备上吊。白万福忙抱住她说,你这是干什么?黄仙菊一把鼻涕一把眼泪地说,老娘今天就死给你们看。黄仙菊的腰身太粗,白万福抱不紧,她屁股一甩,白万福就滚在了地上。白金龙坐在凳子上,连眉头都没有皱一下。田馨赶紧跑上前,抱着黄仙菊说,姆妈,你快下来!她见白金龙面无表情,跺着脚骂道,金龙,你的心是秤砣做的吗?白金龙头都没有侧一下,撇了撇嘴说,我才不吃她这套呢!田馨不再理他,低声跟黄仙菊说,姆妈,你千万不要想不开,他要是不去,我就跟他……离婚。这句话,点到了白金龙的死穴。他沉默了一会,无奈地说,好了,好了,都别闹了,我去。田馨扶着黄仙菊进了屋,一场闹剧就此收场。

10

六斤满月后,白金龙才动身去上海,田馨的好日子也从此画上了句号。一天傍晚,田馨做好了晚饭,等着公公婆婆回来,可是等了很久,他们都没回来。原来,黄仙菊搓麻将输了钱,很不甘心,又死皮赖脸拉着麻友多搓了两圈。本来想翻本,却没想到又多输了八块,心情坏到了极点。田馨肚子很饿,便用小碗盛了半碗饭,浇了点萝卜汤。她吃完饭准备洗碗的时候,公公婆婆回来了。黄仙菊看到田馨在洗碗,心里的火药桶一下子就被点燃了,板着脸,阴阳怪气地说,哟,偷偷做什么好吃的呢?田馨忙解释道,我等了你们半天都不回来,有点饿了,就先吃了口饭。黄仙菊咂了咂嘴,眉飞色舞地说,老头子,你听听,你听听,说得比唱得还好听呢。我就说嘛,昨天割了半斤猪肉,我一共才吃到三块,就吃完了,原来都跑到你的无底洞里去了。田馨不知道怎么申辩,只是说,没,没,我真没有。黄仙菊更来劲了,说话吞吞吐吐的,还说没有?我是过来人,你这一招,我早就用滥了,你瞒得了别人,瞒不了我的。白万福劝道,她要喂奶,多吃点肉也是应该的嘛!黄仙菊马上换了一种口吻,又不是不给她吃,要吃就光明正大地吃嘛，干吗偷偷摸摸？说出去，别人还以为我亏待了她呢！田馨说，我真的是饿了。黄仙菊冷笑着说，我们都不饿，就你饿，你是饿死鬼投胎啊！田馨不想跟她吵，躲到房间里哭了起来。吃晚饭的时候，白万福要叫她，黄仙菊制止道，人家早就吃饱了，哪用得着你脱裤子放屁——多此一举？田馨越想越伤心，孩子刚满月，自己的待遇就全变了，不但要给孩子洗尿布，还要包揽所有的家务。她一生气，就准备收了东西，回娘家。可东西收好了，她又觉得自己气量太小了：婆婆个性强，自己让着她就行了，为一些鸡毛蒜皮的事情吵架，传出去要被人笑话的。那小半碗饭，根本顶不了多久，到了九点钟，田馨就饿得不行了。她不愿意下楼找吃的，就忍着饿，给六斤唱起了儿歌："出卵伢，滚冬瓜，一滚滚到丈母娘娘家；丈母娘娘勿在家，背起夜壶吹喇叭。"唱着唱着，不禁想起了外婆。小时候，外婆最疼她了，每次她去，总会有好吃的东西给她，有时候是一包酥糖，有时候是一个红鸡蛋，有时候是一个橘子。如今外婆去世快十年了，但每次想起她，眼泪总会忍不住冒出来。

　　接下来几天，黄仙菊对田馨都是不理不睬的，田馨尽量把每件事情做好，不让她生气。一天早上，田馨在井台边洗尿布,六斤在堂屋的摇篮里哭,她打算洗完了再去哄他。这时,黄仙菊和白万福从镇上买菜回来,听到六斤的哭声,赶紧跑过去看,只见六斤的小脸憋得通红通红。黄仙菊用手摸了摸他的额头,吓得脸色煞白,抱着他就往外面跑。田馨不解地问,怎么啦?黄仙菊白了她一眼,命令道,快去医院。田馨赶紧扔下手里的活,跟在黄仙菊的身后。一路上,黄仙菊嘴都没闲着,一个劲地埋怨田馨太粗心,孩子烧成这样,也不去看一下。当时正是感冒多发的季节,医院里人满为患,黄仙菊抱着六斤插到队伍前面,后面的人纷纷指责,她一点也没当回事。医生给六斤量体温,六斤伸着小手去抓医生的听诊器,黄仙菊则在旁边一个劲地问,怎么样?严不严重?医生没有理她,开了些药,准备给六斤打针。当尖尖的针管扎进六斤的屁股时,六斤哭得连眉毛都红了,田馨心疼得转过脸去。回来的路上,六斤还在哭,黄仙菊就在路边买了个气球逗他,他竟然笑了。可走了一会,他又哭了起来,黄仙菊再逗他也没有用,便说,他可能饿了。田馨没有理会。黄仙菊便提高声调说,我孙子饿了,你怎么连口奶都不喂。田馨看着来来往往的行人,为难地说,这么多人,怎么好意思?黄仙菊的脸色比鬼还难看,她吼道,你这说的是什么话?

难道要把我孙子活活饿死不成。田馨说,反正过一会儿就到家了。六斤好像故意跟田馨作对,哭得更凶了。黄仙菊看到烧饼摊前,李罗锅的媳妇正坐在门口喂奶,便说,别人都能喂,你不能,你是皇帝的女儿吗?田馨不知道该怎么回答,便哄着六斤说,六斤不哭,六斤最乖了。黄仙菊气极了,加快了步子,把她远远甩在身后。

6月将尽时,马钢家门口的桃树上,结满了水蜜桃,把树枝都压弯了。经常有孩子们来偷吃,他们就像野猴子,摘了一个桃子,咬一口就扔了。白金凤看到了叉着腰大骂了一顿,又吩咐马钢,把桃子全摘了。傍晚,马钢整整摘了两大篮。白金凤便让他提一篮子给娘家。马钢便挎着篮子,朝白家村走去。推开岳父家虚掩的门,看到田馨正在给六斤喂奶,白花花的奶子,就像是两个硕大的水蜜桃。两人都不好意思地转过身去。马钢吞吞吐吐地说,他……们都……不在家吗?田馨红着脸说,快回来了吧!马钢放下篮子,看着门外,太阳虽然已经下山,但热气还没有消散,一阵阵地往里涌。田馨说,你怎么拿那么多来?马钢说,是啊,今年结得多,再不摘,就被村里的孩子糟蹋光了。六斤吃饱了,把奶头吐出来,就像吃完桃子,吐出桃核一样。空气里充满了乳汁的清香,马钢坐立不安。田馨起身说，我给你倒杯水。马钢说，不，不用了，我这就走了，金凤还等着回去吃晚饭呢。说完，逃也似的溜走了。

六斤终于断奶了，田馨去了隔壁镇上的服装厂上班。上了半个月班，就到了中秋节。厂里的人员流失比较大，为了留住员工，特意搞了台晚会，还设了一个抽奖的环节。奖品相当诱人，一等奖的奖品是一辆新大洲摩托车，但只有一个名额。开始的时候，抽出的是小奖，洗衣粉、热水瓶、床单之类，都没有田馨的份。等抽一等奖的时候，全场一片静寂，都希望厂长能念到自己的名字。田馨不抱什么希望了，她想，全厂有1000多人，怎么都不可能轮到自己了。她刚把兑奖的纸条揉成一团，厂长就说出了她的名字。她以为自己听错了，愣在那里，一动也没动。厂长又喊了一次，她才如梦初醒地跑上台。

这辆摩托车对田馨很重要，有了它，就不用住在厂里，可以天天看到儿子了。她赶紧给白金龙打电话报了喜。第二天，她让厂里的同事教她开摩托车，她的学习能力很强，只用了两个晚上，就会开了。

周末下了班，她开着摩托车回家了。白万福在场院上磨镰刀，看到骑车的田馨，像不认识她一样。田馨笑着说，大大，我们厂里中秋节抽奖，我抽了一辆摩托车。白万福一听，忙对着屋子里喊，仙菊，快出来，快出来，有大喜事啊，天上掉下了摩托车了。黄仙菊正在给六斤喂米糊糊，一听，赶紧端着碗跑出来，她轻轻摸了摸车，问，这车得多少钱？田馨说，听说要3800块呢。我以后每天都可以回家了。黄仙菊反问道，每天回来干什么？汽油不用花钱吗？田馨的高兴劲一点儿也没有了。黄仙菊却打起自己的算盘，她说，东村的小达下个月结婚，正准备给媳妇买摩托车呢，这个卖给他不是正好吗？白万福兴奋地说，真是赶得早不如赶得巧呢！黄仙菊说，便宜20块钱给他，他肯定要高兴得跳起来。白万福说，20块恐怕不行，依我看得50块。黄仙菊说，20块差不多了，这不是连去县城的车费都省了吗？白万福说，这事宜早不宜迟，你赶紧去一趟。黄仙菊把手里的碗递给白万福，转身就要走。田馨气呼呼地说，谁说要卖了？！说完，推车进了屋。黄仙菊受了打击，嘀咕道，这下好了，家里又多了个花钱的祖宗。

11

忙碌了一年,又到了腊月二十八。天还没亮,田馨就醒了,因为白金龙要从上海回来了。她听到楼下传来公公的咳嗽声,赶紧爬起来做早饭。吃完早饭,上街去操办年货。空气里到处弥漫着吉祥的味道,腌咸货、做团子……家家户户都在为过年忙碌着。

中午时分,阳光很好,一点冬天的样子都没有。白万福和黄仙菊坐在场院的蟹巴椅上晒太阳,阳光像温过的黄酒,照得他们昏昏欲睡。忙碌了一上午的田馨,开始做午饭了。这时,红娟扯着嗓子喊,仙菊,电话,快来接电话,小龙打电话来了。黄仙菊睁开眼睛,踢了白万福一脚,他刚起身,田馨就像欢快的小鹿一样跑了出来。白金龙在电话里说,客车坏在魏旗村路口了,让她开摩托车去接他。田馨马上放下手里的活计去推车。出门前,六斤把屎拉在了裤子上,哇哇大哭。见公公婆婆都闭着眼睛,把手塞在衣袖里,没有一点帮忙的意思,她只好给他换了条絮裤子,把弄脏的那条拿去洗了。洗完之后,黄仙菊又发话了,去,帮我把马桶倒了。见田馨愣在那里,她又夸张地补充了一句,再不去倒,屙泡尿就要溢出来了。田馨有些不情愿地说，金龙还在等着呢！黄仙菊阴阳怪气地说，有什么好着急的？多等一会，会死人吗？田馨没办法，只好照办了。可她倒完马桶，黄仙菊又有了新的指示，要她趁现在太阳好，把家里的被子都拿出来晒晒。等忙完这一切，田馨看了一下手表，发现时间已经过去半个小时了。

温暖的阳光像给田馨披上了金色的羽毛，她觉得自己穿多了衣服，手上的冻疮有些痒，她停下，取掉了手套。她的心情像天气一样暖。她心里想的全是白金龙。她心里是甜滋滋的，白净的路面像长长的玉带糕，细石子像冰糖一样晶莹。一年不见，他是胖了还是瘦了，她心里还是希望他能胖一些，因为，胖就说明他在外面不是太辛苦。她看到草丛中有一只翻飞的蝴蝶，便不由自主地哼起了《两只蝴蝶》："亲爱的，你张张嘴，风中花香会让人沉醉……亲爱的，来跳个舞，爱的春天不会有天黑……"她刚开始只是哼，之后，竟越来越响，唱着唱着，眼眶竟然湿了。她心里有一肚子委屈：嫁到白家快两年了，和白金龙在一起的时间加起来不到两个月，平日里连个说话的人都没有，而婆婆每句话里都带着刺，只要出一点点差错，就会大发雷霆。每次一进家门，就感觉有些喘不过气来，不过，这些话，她只是埋在心里，从未对人提起。她不愿意吵架，不愿意跟婆婆顶嘴，不愿意因此伤了一家的和气。经过路边的池塘，她看到两只狗正挨在一起亲热，这再寻常不过的场景，让她有些心烦意乱。她的脸竟然有些发烫，像做了什么亏心事一样。她觉得自己的脸越来越烫，在反光镜里一照，果然红得厉害。

到夏新桥脚的时候，她看到路边围了一堆人，她素来没有看热闹的习惯，只是放慢了速度，随口问一个端着饭碗看热闹的大妈，出什么事了？大妈回答道，哦，没什么，刚刚撞死了一个人。大妈一脸轻描淡写，好像撞死的只是一只鸡。田馨瞥了一眼，只看到草丛里散落着一只男人的皮鞋、一只旅行袋，其他什么也没看到，但她心情却沉重起来，她是在替死者的家人难受。快要过年了，眼看着一家就要高高兴兴地团圆了，意外却从天而降，他的家里人该有多伤心啊！特别是他的妻子，应该跟自己一样可怜，熬过了那么多孤独的长夜，好不容易盼到年尾，谁会想到，盼来的竟是这样一个噩耗！想到这儿，心头一酸，眼眶湿了。几分钟后，她到了魏旗村，见到停在路边修理的长途客车，但除了司机，车上一个人也没有。她心想，白金龙可能等得太久，抄小路回家了。赶紧掉头往回开，她开得很慢，留心着从身边走过的每一个人，生怕一不小心会错过。

　　她又来到了夏新桥脚下的事故现场，这下围观的人更多了，她本不打算停下来，却在不经意间看到挂在树枝上的一条白围巾。是不是自己送给老公的那条呢？那一刻，她觉得脑子一片空白，几乎连呼吸都忘记了。她发疯似的挤进人群，看到血泊中那个人，浑身一点力气也没有了，像一根绳子，耷拉在他身上，悲痛欲绝地喊道，金龙，你怎么了？你醒醒，你醒醒啊……看热闹的女人们都落泪了，用衣角擦着眼睛。突然，田馨歇斯底里地吼道，快，快送医院，快点啊！她绝望的眼神，让人心疼。一个满脸络腮胡的中年人说，没用了，我是第一个看到的人，我来的时候，他就断气了！是一辆装煤的大卡车撞的，幸好我躲得快，要不然，连我也撞了。田馨好像没听到他的话，准备将白金龙抱起来，但是她一点力气都没有了，一屁股坐在地上，无助地哭着。人群中有人说了一句，人死不能复生，现在最重要的是找到肇事的司机，要不然，他就算白死了。满脸络腮胡的中年人说，我记下了车牌。他摊开手心说，我怕会忘记，当时就写在了手心里了。他们的谈话，像微风在田馨的耳边拂过，她将白金龙的头抱在怀里，一边轻轻擦着他脸上的尘土与血迹，一边说，金龙,你醒醒啊,你不能丢下我们母子不管啊!金龙,你醒醒啊,六斤会走路了,会喊大大了!金龙,你醒醒啊,我们回家,我们回家……

  白家村的正午,阳光还是那样明亮,村庄还是那样安静祥和,空气里还飘着干草的清香。黄仙菊睡着了,她将头搁在蟹巴椅的靠背上,嘴巴张得老大老大的,一颗镶金的牙闪着微光。白万福让六斤坐在腿上,他一抖腿,六斤就咧开嘴笑了起来,一笑,嘴角就流下了口水。黄仙菊以为自己睡在床上,想换个更舒服的姿势,一翻身,差点就倒在了地上。她醒来后,见白金龙还没回来,不耐烦地说,怎么这么久还没回来?白万福说,不会出什么事了吧?黄仙菊瞪了他一眼。白万福说,我只是随便说说嘛。黄仙菊连打了三个呵欠,然后说,先吃饭吧,老娘快饿死了。白万福说,还是再等等吧!黄仙菊说,等个屁,说不定,他们两人早就下馆子了。白万福只好把六斤递给她,等他把饭菜端上桌的时候,天一下子阴沉下来,他感觉有人在空中撒了把沙子。这时,红娟扯着嗓子喊,仙菊,电话。两人跑去接电话,白万福刚拿起电话听了几句,就愣住了,脸色煞白煞白。黄仙菊说,怎么了?出什么事了?白万福说,完了,完了,金龙没了。黄仙菊不相信,一把夺过了电话，等她放下电话，就号啕大哭起来。红娟说，老阿姐，你先别哭，说不定，是他们搞错了呢？你们赶紧叫个车去看看吧！白万福扶着黄仙菊，刚跨出门槛，回过头说，帮我通知金凤。

傍晚时分，白万福拉了一辆板车，白金凤和马钢扶着黄仙菊，田馨抱着六斤，跟在后面缓缓前行。板车上放着一床浅蓝色的条纹棉被，被子下面是白金龙冰凉的尸体。村庄里光线幽暗，树木像落完羽毛的麻雀，在凛冽的风中瑟瑟发抖。河水也在发抖，倒映着灰蒙蒙的天光。家家户户都掩上了门，一家人围坐在一起，等待着热气腾腾的晚餐。白万福低着头，嘴唇紧闭，吃力地拉着板车。突然，一块鸡骨头击中了他的脑袋。他猛地一抬头，看到了疯疯癫癫的老光棍陈富财。陈富财裹了一床灰色的破棉絮，躺在草垛上，跷着二郎腿，一边啃着鸡，一边喝着酒。他喝得两眼通红，像兔子一样，看到白万福，赶紧爬起来，使劲拱着手说，莴白菜，新年快乐，恭喜发财，新年快乐，身体健康。白万福心如刀绞，恨不得把他拉下来痛打一顿。终于到了家门口，白万福轻声说了一句，小龙，到家了。说完，他再也止不住内心的悲痛，蹲在地上，用手捂着脸，抽泣起来。一家人都痛哭起来，哭了一会儿，白万福用手背抹了抹湿润的眼睛说，外面冷，我背小龙进屋吧！马钢在堂前支了一张临时的竹床，白万福把小龙的尸体轻轻放在了上面，田馨在床底下点了一盏油灯。一家人坐在堂屋里，堂屋漆黑，如同坟墓。没有人开灯，也没有人说话，像是一尊尊木雕。白万福和马钢一支接着一支地抽烟，白金凤用手撑着脸，发着呆，黄仙菊柔弱无力地靠在她肩上。六斤睡熟了，田馨把他抱在怀里，她脑子里充满了幻觉，总觉得，白金龙没有走。突然，一阵狂风从门缝里钻进来，油灯熄了，田馨赶紧起身，把六斤抱给了白金凤，俯身去把油灯点燃。不知道坐了多久，白万福先开腔了，都饿了吧？我去……弄点吃的。他的声音，沙哑而苍老。没有人应他，他的声音，像风一样消散在黏稠的黑暗里。后半夜，下起了雪。开始是细细的雪粒，在门上发出清脆的声响；后来，就飘起了鹅毛大雪，世界也变得寂静起来。白万福说，仙菊，你……去睡一会吧？黄仙菊说，我要陪着小龙。白万福起身，给她泡了个汤婆子。六斤冻醒了，他一连打了三个喷嚏，然后哇哇大哭起来。这哭声，就像是导火索，一家人哭得稀里哗啦……

　　第二天是腊月二十九，葬礼办得很简单。因为白金龙死得不是时候,快过年了,村里人连上茅坑都要取个好兆头,没人愿意来白家沾晦气。按照本地的风俗,葬礼要请六个,可白万福跑遍了全村,一个也没找到。他只好和马钢挖了个坟,把白金龙的骨灰草草埋了。

12

虽然很多事情无法假设,但如果田馨接到白金龙的电话后马上出发,就不会发生这样的意外了。白金龙坐的客车坏在魏旗村后,司机说一时半会修不好了,归心似箭的人纷纷下了车,步行回家。白金龙打电话让田馨来接,他坐在车上抽了两支烟,有些不耐烦了。下车的时候,他在座椅下面捡了张《法制报》,上面的故事很吸引人,他边走边看。走到夏新桥,一辆运煤的汽车迎面开来,司机喝醉了酒,没有刹车,一下子就把他撞飞了。撞了人后,司机的酒也醒了大半,慌乱中开着车跑了。

幸好有人记下了车牌号,赔偿的事倒还算顺利,肇事司机负全责,他答应在半年内筹28万元给白家。对于这个数字,黄仙菊和白万福是满意的,他们活了大半辈子,还从来没见过那多钱。但是,在钱的分配上,他们却是一千个一万个不乐意。按照规定，除掉丧葬费外，这笔钱要分成三份，一份给白万福和黄仙菊，一份给田馨，还有一份给六斤。加上红娟的挑拨离间，黄仙菊更认为田馨是个灾星，是她害死了自己的儿子。田馨成了她不共戴天的敌人。

没过几天，关于田馨的谣言很快就在村子里传开了。谣言有很多版本，其中说得最多的是她和撞死白金龙的司机早就好上了，有一回，刘大胡子在村西割猪草的时候，曾看到他们野合。上街买菜的时候，田馨听到了谣言，但她一点办法都没有，只能跑到房间里，拿着白金龙的照片以泪洗面。

正月初八，田馨去服装厂上班了，六斤由公公婆婆带着。那天，吃晚饭前，黄仙菊先给六斤喂了米糊，白万福把饭菜端上桌，她却没有动筷子。白万福不解地看着她说，你不舒服？黄仙菊皱了皱眉头说，没胃口。白万福说，我做的可全是你最喜欢吃的菜。黄仙菊一边揉着胸口，一边说，分钱的事，你是不是听错了？白万福说，这种事怎么会错？我特意问了三遍呢！黄仙菊说，这钱是小龙的命换来的，小龙是从老娘身上掉下来的肉，她凭什么要分一份呢？她算老几？白万福说，我也想不通啊，这种分法太没道理了。她要分钱也可以,除非她一辈子不改嫁,一辈子服侍咱们。放屁!黄仙菊骂道,我们家的晦气都是这个灾星带来的,老娘就是把钱扔河里,也不会给她一分一厘。白万福说,田家人又不是吃素的,到时候,肯定要闹翻天的。黄仙菊闭上了眼睛,意味深长地说,这天底下最靠得住的还是钱啊!

到了周末,下班时间一到,田馨第一个冲出了厂门。路上,微微的风吹在脸上,像是六斤胖乎乎在小手,轻轻抓着她的脸,想到儿子,她的脸上就洋溢起平静而幸福的微笑。可回到家,她的心就凉极了,大门紧闭着,家里竟然没有人。红娟扛着锄头从门口经过,她便上去打听,谁知道红娟冷冰冰地说,他们去哪里又不用跟我汇报。田馨显得很是尴尬,脸红一阵、白一阵的。

天色渐暗,村庄里,炊烟舞起了铅灰色的长袖,她就在菜园里,掐了一把小青菜,准备炒。锅烧热了,却发现菜油不知道放到哪里去了。她在屋里找了一遍,最后竟然在黄仙菊房间的米缸里找到了,旁边还有小半袋子野核桃。这是她姆妈给她买的,可她只吃了小半袋,就再也找不到了。田馨的心口像是被针挑了一下,隐隐作痛。她最终没有取菜油,而是跑到杂货店重新买了一瓶色拉油。

蝴蝶

到了晚上八点钟,黄仙菊才抱着六斤回来,白万福跟在后面,手里提着一刀腌猪肉,猪肉上贴了张红纸。见到田馨,白万福点点头,算是象征性地打个招呼;黄仙菊侧过脸,好像根本不认识她一样。六斤见到她,像泥鳅一样在黄仙菊的怀里摆动,想要挣脱出来,田馨一把将他抱过来,看到他额头上有一块指甲盖大小的疤,有些心疼。黄仙菊感觉到了她的不快,不过,她连解释也懒得解释一下,甩着双手,自言自语道,唉,我的手酸死了。见到田馨,六斤特别高兴,张开小嘴就喊,阿姨……阿姨。田馨吃了一惊,不过,她还是笑意盈盈地纠正道,不是阿姨,是姆妈,姆妈。六斤却依然喊,阿姨,阿姨,一边喊,一边用手去扯她的耳环。田馨脸上的表情凝固了,一气之下,就在他头上敲了一下。六斤大哭起来,黄仙菊狠狠瞪了她一眼说,我还没见过你这么狠心的娘,要是打傻了我跟你没完。说完,一把抢过了六斤,摸着他的脑袋安慰道,六斤不哭,六斤最乖了。随后,径直回到自己的房间,砰的一声关上了门。田馨感觉脸上火辣辣的,像被抽了个耳光,愣在那里,半天说不出话。她轻轻地去敲门,敲到第三遍,黄仙菊才不耐烦地说,干什么?田馨说,妈,我带六斤上楼睡觉了。黄仙菊阴阳怪气地说,六斤今天跟我睡了,我怕他晚上被你打死。田馨听完,心口一阵生疼,无奈地回到了房间,翻出白金龙的照片,低声抽泣着。整个晚上,她都像睡在一根电线上一样,心里空悬悬的。

第二天,她起得很早,下了楼,没看到六斤。白万福在场院上晒谷子,她便问,大大,六斤呢?白万福说,哦,去姑爷爷家了。田馨赶紧又问,什么时候回来呢?白万福说,不知道啊,我一会也要出去,你自己弄饭吃。田馨愣在那里,半天说不出话说来。

吃了午饭,她坐在门口等六斤回来。树荫下,一只母鸡带着三只小鸡啄虫子吃,她看着,心里很不是滋味。坐久了,她有些犯困,不知不觉睡着了。突然,她听到一阵孩子的笑声,以为是六斤回来了,赶紧睁开眼。原来只是过路的一家人,大大抱着孩子,姆妈拿着一只风车,边走边逗孩子,孩子拿胖乎乎的小手去抓。看着他们的背影,田馨鼻子又是一酸,嘴角有些咸涩。

又到了周末,因为加了一个小时班,田馨回家的时候,天已经黑透了。到家门口时,看到门缝里泻出的灯光,心头不禁一热。她推开门,看到六斤坐在学步车里练习走路,见到她,笑得像一朵花,晃着两条胖乎乎的小腿朝她奔来。黄仙菊和白万福正在吃晚饭，大海碗里盛着芸豆炖猪蹄。田馨喊了声，爸，妈，我回来了。白万福说，饿了吧，快过来吃饭吧！黄仙菊虽然没有吭声，但她的目光，也不像以前那样刺人了。

田馨停好车，迫不及待地把六斤抱在怀里，亲了又亲。黄仙菊起身说，菜凉了，我去热一下。这当儿，田馨逗弄着六斤，教他说话。她说，姆妈。六斤也跟着说，姆妈。听到这一声姆妈，田馨别提有多开心了，在心里积存了一周的郁闷，顿时烟消云散了。

黄仙菊热好了菜，田馨便洗手盛饭，吃着吃着，她发现海碗里的猪蹄，竟然一块也不见了，心里像被针刺了一下。饭吃得很沉闷，像是在演哑剧似的，田馨不禁想起第一次来白家的情景。吃完饭后，田馨收拾完碗，黄仙菊已经在洗脚了，她便把六斤抱上了楼。

推开房门的一刹那，她闻到了一股刺鼻的臭味，她嗅了嗅，想知道这气味是从哪里发出来的。她把六斤放在小床上，开始在房间里搜索起来，找了一圈，终于在床底下找到了一只死老鼠，她一阵恶心，赶紧找来了火钎和塑料袋，把死老鼠清理了，清理完后，头皮还有些发麻。可是，房间里的气味，仍然没有散去，她打开窗，坐在小床边,给六斤唱催眠曲。过了差不多十分钟,六斤咬着下嘴唇睡着了,她也有些困了,亲了亲他的小脸,关上门窗,上了床。被子冰冷,她把脚慢慢往下伸,突然,脚尖碰到了一个毛茸茸、硬邦邦的东西,她吓得汗毛全竖了起来,尖叫了一声,从床上跳了起来。

楼下,白万福早就睡死了,黄仙菊用双手捧着头,听着外面呼啸的北风,等听到了尖叫声,她微微一笑,终于放心地睡着了。

田馨拉灯一看,床上竟然也有两只死老鼠,而且,嘴角上沾着黑血。她再也忍不住了,跑到阳台上吐了起来。她不明白,房间里怎么会一下子有那么多死老鼠,难道是婆婆放的?她愤怒了,跑下了楼,到了黄仙菊的房门口,刚举起手准备敲门,又犹豫了,心想,万一不是她放的怎么办?她终于没有去敲门,跑回房间,把弄脏被子扔到了河里。用肥皂一遍遍地洗着脚。

床上她是不敢睡了,可又没其他地方可以睡,她只好从柜子里新拿了一条被子,把六斤抱在怀里,裹着被子,坐在楼梯上,头靠着墙睡了。她睡得很不踏实,耳边总有老鼠发出吱吱吱的声音,老觉得老鼠在咬她的脚趾。不知道是夜里几点,她被冻醒了,睁着眼睛，看着窗外，再也睡不着了。

　　第二天一早，黄仙菊和白万福又出去了，她抱着六斤上街买菜，见到了马钢一边吃着油条，一边推着自行车迎面走来。田馨先跟他打招呼，你这么早啊？马钢把油条塞到嘴里，手在头发里揉了揉说，是啊，是啊，今天有个活。一边说，一边逗着六斤。田馨说，叫姑父……姑父。六斤睁大眼睛看着他，从两片粉嘟嘟的嘴唇里冒出了"大大"两个字。他这么一叫，田馨和马钢都尴尬起来。马钢赶紧转移话题，他看了看田馨说，你的眼睛怎么这么肿，昨晚没睡好吗？田馨便把死老鼠的事跟他说了。马钢听完，气得直咬牙，他说，我看你还是找个人嫁了吧！田馨叹了口气说，六斤还小呢！马钢说，你也该为自己考虑考虑了。田馨笑了笑说，像我这样的，哪有人要啊？马钢有些生气了，说，你怎么能这样想？你在白家不会有好结果的。田馨看到红娟挎着篮子过来，怕她乱传闲话，便催马钢道，时候不早了，你快去干活吧！马钢只好推着车走了，走了一段，又回过头说，你不听我的话，迟早是要吃大亏的。

13

接下来的日子相对平静，转眼就到了油菜花开的季节，风吹在脸上，柔软如棉花，村子里到处弥漫着蜜蜂的嗡嗡声。那天傍晚，田馨回到家，公公婆婆都不在家，脚盆里堆满了脏衣裳，她便拿到井台边洗了起来，洗完衣服，感觉身上黏糊糊的，烧了水，开始洗浴。

这时，白万福回来了，他听到浴锅间的水声，便放轻了脚步，推开大门，然后径直往浴锅间走去。浴锅间的门是从老屋上拆下来，原先的锁被取掉了，锁孔用一块布塞住了，手指轻轻一抠，布就被拉了出来。他凑上前，田馨白得耀眼的身体就一览无遗。他边看边咽着口水，一只眼睛看累了，便又换了另一只。而对这一切，田馨并没有觉察。她穿好衣服出来的时候，白万福一把抱住她，像狗啃骨头似的啃着她的脸。田馨拼命地挣扎，可她越挣扎，白万福就抱得越紧，她觉得自己快要喘不过气了。他那双滑腻腻的手，像一块打湿的肥皂，滑进了她的领口⋯⋯

就在这时，黄仙菊回来了，白万福赶忙撒开手说，仙菊，你，你，你别误会。黄仙菊冲上去就开始打他，边打边骂，你这个老杂种，你这条老骚狗，你竟然背着老娘干这种事。白万福蹲在地上,低着头,没有还手。黄仙菊打累了,转过脸盯着田馨,她红着眼睛,像是发怒的疯牛。田馨低声抽泣着,她以为婆婆会帮自己主持公道,谁知道黄仙菊一把扯着她的头发就往门外拉,边拉边骂,你这个狐狸精,你这个扫把星,害死我儿子还不够,竟然还勾引你公公!田馨流着委屈的眼泪说,不是这样的,不是这样的。可她声音微弱极了,像一只待宰杀的羔羊。白万福看不下去,跑上前说,仙菊,都是我错了,你还是打我吧?田馨的一只手把着门沿,黄仙菊更加用力地扯她的头发,她痛得嗷嗷直叫。白万福说,仙菊,你消消气,别让人笑话。黄仙菊更生气了,骂道,你条老狗,你心疼了是吧?老娘不活了,老娘今天死给你们看。说完,跑到杂物房里拿了一瓶农药。

黄仙菊坐在门槛上,一边用头撞着门框一边骂,你们这对狗男女,你们不得好死!老娘不活了,老娘今天就死给你们看。田馨委屈极了,躲到房间里去了。不一会,看热闹的邻居就围了过来。白万福试图去夺她手里的农药瓶,被她一脚踢得老远。他爬起来,还想夺瓶子,黄仙菊大骂道,你再过来,老娘把你的手指割了喂狗。人群中一片哄笑。白万福跪在地上给她磕着头说,仙菊,我错了,

我错了,我求求你了。黄仙菊并不理会,她慢慢地打开瓶盖,说,都是我上辈子造的孽啊,我以后可怎么抬得起头啊……割完猪草的红娟见到了,忙冲上前劝道,老阿姐,你可千万别想不开。来,把瓶子给我。黄仙菊一把鼻涕一把泪地哭着,你不要劝我了,我活着没意思啊,让我死了算了。

天色渐渐暗下来了,白万福还在磕头,发出沉闷的声响。黄仙菊拿起农药瓶准备喝时,大家都没想到的一幕发生了:白万福跑过去,一把抢过农药瓶,自己喝了起来。喝完之后,他倒在地上,口吐白沫,抽搐着。见情况不妙,一个男人赶紧把他背起来,往镇卫生院送。黄仙菊吓傻了,愣在那里,忘记了哭泣。红娟忙拉起她说,快,快去医院啊!

黄仙菊和白万福是后半夜回家的,一路上,他们有说有笑,像没事人似的。走到家门口时,黄仙菊带着胜利者的笑容说,你猜,她有没有滚蛋?白万福说,你想出这么绝的招,她还能不滚蛋吗?黄仙菊说,主要是你演得好,你不去当演员实在是太浪费了。进了屋,一看,田馨果然不在。门槛上,农药瓶子倒在地上,黄仙菊捡起来,摇了摇说,还有半瓶呢,不喝就浪费了。白万福说,你喝吧！黄仙菊说，我才不喜欢喝甜不拉叽的可乐呢，快喝了，我还花了三块钱呢！白万福接过来，咕噜咕噜地喝完了。黄仙菊拿毛巾给白万福擦脸，白万福突然想起了什么，说，对了，要不要去你弟弟家把六斤接回来？黄仙菊说，明天再说吧！

他们躺在床上，竟兴奋得睡不着觉了。黄仙菊用胳膊肘碰了碰白万福说，拿了钱，你最想做什么？白万福想了想说，我，我把它放在床底下，每天睡觉前数一遍，起床再数一遍。黄仙菊不屑地说，说你蠢，你还死不承认。大家都知道咱家有了钱，这个钱放家里多危险啊……我想好了，存五年的死期，一年还有一万六千块利息呢！白万福笑了笑说，还是你想得周到……等拿了钱，我天天早上吃油条，一顿吃两根，不，五根。黄仙菊不屑地说，没出息的东西，等拿了钱，我就把饭戒了，顿顿吃肉。白万福忙说，对，对，对，猪肉咱也不吃了，咱专门吃牛肉。说着说着，白万福的肚子饿了。他从床上爬起来。黄仙菊说，你干吗？白万福说，去弄点东西吃吃。黄仙菊则说，你想吃什么，我给你做。白万福难得享受这样种待遇，清了清嗓子说，服务员，来个蛋炒饭，不加葱。

后半夜，前一天折腾了一天的白万福和黄仙菊终于累了,睡着了。他们睡得很香,如同散落在草丛里的两只破旧陶罐。天蓝色的座钟在嘀嘀嗒嗒地响着,屋子比往日更加静,空气中似乎弥漫着钞票的清香。他们不知道,没有田馨的签名,那笔赔偿款他们一分钱都拿不到。